하루 한 장 139편,
데일리 에세이

Daily Essay

나날이 감사
나날이 행복

"어쩌다 만난 감사로
인생이 이렇게 바뀔 줄이야!"

✿

하루 한 장 139편,
데일리 에세이

Daily Essay

나날이 감사
나날이 행복

향기를 담는 감사코치
김채연 지음

프로방스

"내 인생을 바꿔준 감사일기"

5년 전 2월, 감사일지 강연을 듣게 된 날이다. 인간에게 습관이 만들어지는 데 걸리는 시간이 21일, 21일을 3번 반복해서 습관이 길들여지는 시간이 "63일, 63일이면 자기도 모르게 행동으로 이어진다!" 라는 내용을 바탕에 둔 감사일지 강의였다. 어쩌다 쓰기 시작한 감사일기를 우여곡절 끝에 5년째 1800일 이상 쓰고 있다. 중간에 쓰다가 며칠 멈추기도 했던 나의 경우는 책과 논문에 쓰여 있는 것처럼 21일, 63일 만에 습관이 쉽게 만들어지는 않았다.

감사일기를 쓰게 된 계기는 저자 강연으로 시작되었으나, 진짜 이유는 따로 있었다. 루즈하고 절대로 변화되지 않을 것만 같았던 내 삶에서 뭔가의 변화를 만들고 싶었기 때문이다. 나를 변화시키고 싶었고, 살아내야 했기에 감사일기를 썼다.

나에게는 무슨 열정이 그리 많은지. 하고 싶고, 되고 싶고, 원하고 바라는 꿈도 많았다. 월 천만원 이상 받았던 그 돈들은 어디를 가고 적지 않은 나이에 경제적으로 개인회생 중이었으며, 졸혼의 삶을 살고 있는 아줌마로 뭐 하나 내세울 것은 없는 평범하지 않은 대한민국의 아줌마. 오늘과 내일이 특별한 것이 없었다. 당시 강의를 하고는 있었지만 이리저리 지출하다 보면 어느새 만 원권 지폐 한 장 없는 날은 허다했다.

2016년 나는 꿈을 꾸기 시작했다. 석사 졸업 후, 박사과정도 계속하고 싶었다. 당시 수입으로는 그림의 떡이었다. 아로마테라피스트 자격과정에 대한 강의를 했지만, 수강생모집에 항상 힘이 들었다. 강의를 치고 나갈 방법을 잘 몰랐고 돌아서면 허기졌다. 그래서 안정적인 아로마자연치유요법센터를 만들고 싶었고, 나와 마음 맞는 선생님들과 함께 아로마협회를 설립하고 키우고 싶었다. 기회가 주어진다면 학교에서 교수로도 활동하고 싶었다. 나는 이렇게 하고 싶은 것이 많았다.

다음은 2016년 1월에 작성한 나의 드림 트리 내용이다. 박사학위 취득, 책 쓰고 작가되기, 시인 등단하기, 향기 교육센터 만들기, 아로마협회 만들기, 한국직업능력개발원 자격증 기관 등록하기, 1주에 3회 이상 강의하기, 대기업 계약 강의해보기, 자연치유 요법센터 아로마클리닉 만들기, 월수입 천만 원만들기, TV아침마당출연하기, 크루즈여행 가기 등으로 목표와 계획은 해마다 업그레이드를 시켰다.

내 인생은 어쩌면 감사일기를 쓰고부터 변화가 시작된 것이나 다름없다. 불평과 불만도 많았던 내가, 삶을 바라보는 시각을 "감사"로 바라보기 시작한 것. 지금도 만들어져가고 있지만, 박사과정은 1년 전에 마무리되어 박사논문 심사 중에 있으며, 첫 번째 책 "향기 서적"이 출간계약 되었고 여러 가지 상황에 의해 지금 편집 중에 있으며, 두 번째 "데일리 에세이"는 계약하고 출판이 되었다. 10년 전부터 써오던 시 쓰기로 시인 등단과 200여 편 이상의 시를 썼으며, "향기를말하다 힐링교육센터"를 만들었고 "국제아로마심리상담코칭협회"라는 아로마협회 법인설립하고 한국직업능력개발원에 등록이 2019년 2월에 통과가 되었다. 기업체 전문강사로 힐링강의를 했으며, 주 2회 이상 강의를 하고 있다.

"자연치유 요법센터"는 곧 오픈 할 계획에 있으며, "해외 크루즈 여행", "월수입 천만 원", "TV출연하기" 등은 곧 기회가 오리라 확신한다. 이 모든 것에 감사를 드린다.

누군가는 얘기한다. "아침 먹어 감사합니다. 점심 먹어 감사합니다. 감사가 밥 먹여 줍니까?"라고. "감사가 삶 중심에 있으면 목표한 일들이 안 될 일이 없다!"라고 생각하기에 감사일기를 쓰면서 그날의 일들을 정리하게 되며, 자신의 꿈과 목표를 항상 생각하게 되어 그 일에 대해 원을 세우게 되고 이루게 될 수밖에 없다라고 생각한다. "하늘은 스스로 돕는 자를 돕는다." 라는 말이 있다. 꿈과 목표, 그 일에 대한 계획이 있다면 감사일기를 하루 한 줄이라도 써보라.

"감사"하면 대명사처럼 "오프라 윈프리"를 떠올린다. 수많은 사람들이 감사의 기적을 이미 논문과 책으로 증명했고 〈땡큐파워〉 저자 민진홍, 〈감사가 긍정을 부른다〉 저자 김영체 등의 수많은 사람들이 감사에 대한 글과 책을 펴냈다.

하루 한 줄 감사일기로 시작해서 30일 아니 90일만 한번 도전해

보라! 3개월, 혈액이 바뀌는 시간 90일, 우리 세포가 인지하는 시간이 90일, 1년 365일 봄, 여름, 가을, 겨울 4계절이 바뀌는 시간, 90일이 4번 돌면 1년이란 시간이 된다. 내 인생의 이야기, 날마다 소소한 일상의 감사한 이야기들을 하루 한 줄이라도 써보자!

소원하는 것을, 생각하는 것을 키워드로 잡고 기도하는 마음으로 "하루 한 줄 감사일기"를 써 나가자. 하루 한 줄의 감사했던 부분을 떠올려 그날의 의미를 담은 감사 일기를 써보자. 글의 형식은 중요하지 않다. 하루 감사한 일들을 한 줄이라도 써보고 그 일에 대한 느낌과 생각, 배운 점과 깨달은 점, 자신이 경험을 접목해서 스토리 형식으로 써도 좋다. 감사 일기를 쓴다는 것은 자신의 진정한 정신적 성장과 주위에 선한 영향력을 끼치는 일이 될 것이다.

감사일기 쓴 지 1800일이 넘었다. 요즘 몸이 지쳐도 "하루 한 줄이라도 쓰자."라는 것을 입에 달고 산다. 웬만하면 그날그날 쓰려고 노력하지만 그렇게 되지 않는 날이 더 많다. 이틀이 지나 글을 쓰려면 '나 그날 뭐했더라?' 하고 생각하면 기억이 잘 안 나는 경우도 있다. 우리는 생각보다 기억을 빨리 잊고 사는 것 같다. 감사 일기를 시작하지 않았다면, 어찌 하루하루의 기록이 남아 있을까. 나 자신을 세우고 내 인생이 변화가 되었을까. 과연 내 삶이 변화될 수 있었을까 싶다.

"어쩌다 만난 감사로 인생이 이렇게 바뀔 줄이야!"라고 외치는 날이 머지않았다. 하루 1분의 기적이 이뤄낼 "하루 한 줄의 감사일기"가 삶을 세우고 바꿔준다는 사실을 잊지 말자. 하루 한 줄 감사일기로 이제 당신이 인생의 주인공이 될 차례다.

2021년 1월 겨울...

저자 **김채연**

Contents
차례

春

Spring

Contents
차례

Part_02   *Summer* : 여름

Summer

Contents
차례

Part_03 *Autumn*
: 가을

秋
A u t u m n

Contents
차례

Part_04 *Winter* : 겨울

Winter

Contents
차례

Part_05

Spring Again

: 다시 봄

Spring Again

春

어느새 봄입니다.
봄꽃이 예뻐서 행복한 날입니다.
그래서 감사합니다.

PART 01

Spring

: 봄

01 | 참으로 든든한 아들이었구나

내일이면 개학이라
아들은 한창 짐을 꾸리고 있습니다.
하숙집에 입주할 준비를 잘 하고 있으니 감사합니다.

집 앞 터미널에서 인사한지 얼마나 되었다고
도착 잘 했다며
영상통화로 입주한 하숙집을 보여줍니다.
궁금해 할 엄마 마음을 아는 속 깊은 아들이 감사합니다.

물끄러미 빈 거실을 보고 있자니 어째 사방이 고요하여 허전합니다.
'참으로 든든한 아들이었구나.' 라는 생각이 절로 듭니다.

새삼 아들이 그리워집니다.
아들이 있다는 것에 감사합니다.
아들이 참 든든한 존재였구나 하는 마음에 또 감사합니다.

출처 : 어린왕자 벽화에서

아이들에게 관대하라.

- 주브널 -

02 | 보고 또 보고

봄 학기 수업 개강 날입니다.
듣고 싶었던 강의가 개설되어 마음 설레지만 논문 연구제목 발표를 생각하면 긴장이 되고 스트레스가 쌓입니다.
논문만 생각하면 '산 넘어 산'이란 느낌이 들지만 어차피 겪어야할 일입니다.
3시간씩 9시간 수업에 쉬는 시간도 없이 짬짬이 동기들과 김밥으로 한 끼를 때우는 것도 즐겁기만 합니다.

하루 수업을 마치고, 지척에 있는 아들 얼굴 볼 수 있어 감사합니다. 어제 보고, 또 보는 아들이지만 늘 좋습니다.
보고 또 봐도 좋은 것이, 아들 딸 얼굴 보는 건가 봅니다.
눈앞에서 새끼들 얼굴 보고 마음이 놓이는 게 엄마의 마음인가 봅니다.
마침 마주친 하숙집 아주머니.
"식사 시간이니 밥 같이 드세요." 하십니다.
앞으로 아들이 먹고 살, 하숙집 밥 한 끼를 먹어봅니다.
윤기 나는 아주머니의 따뜻한 밥 한 끼, 감사히 잘 먹었습니다.
아주머니의 온기 어린 손길에 감사합니다.
미식가인 아들도 집 밖에서 밥을 먹어봐야 집 밥의 고마움도 더욱알게 될 것이니, 이 또한 감사합니다.

출처 : 픽사베이 이미지

　　　　·　　　모든 아이들은 예술가다.
문제는 어떻게 어른이 된 후에도 예술가로
　　　남을 수 있게 하느냐는 것이다.

– 파블로 피카소 –

03 | 사는 건 다 비슷해

일주일에 이틀, 월요일과 화요일에 학교수업이 있습니다.
어제, 아들 하숙집에서 잘 잤습니다.
이제 아들과 헤어져 각자 학교로 출발합니다.
아들이 학교 앞에 괜찮은 커피숍이 있다고 알려줍니다.
전북대 입구의 향이 좋은 커피숍, 예쁜 커피 잔들이 아기자기한 "디딤 커피숍"입니다. 이른 아침, 아메리카노와 카페라떼를 사 들고 나왔습니다. 커피향기가 너무 좋아 아침부터 행복합니다.
전주에 사는 새로 입학한 선생님의 차를 얻어 타고 커피한잔 나누면서 학교로 향합니다. 선생님은 대출해서 구입한 다세대건물 때문에 걱정이 많다고 합니다. 사람 사는 모습은 어느 집이나 비슷한 가 봅니다. 걱정거리가 없는 집이란 원래 없습니다. 아무튼, 덕분에 편안하게 왔습니다.

수업이 끝나고, 학교도서관으로 발걸음을 옮깁니다. 대출할 책 20권을 다 찾느라 한 시간이나 걸렸지만, 일반 도서관보다 긴 60일 동안 대출할 수 있어서 감사합니다. 보고 싶은 책을 천천히 다 읽을 수 있으니 큰 혜택을 받은 것 같습니다. 집으로 돌아오니, 딸은 엄마와 떨어진 이틀간 못다 한 이야기들을 합니다. 꽁알거리는 말이지만 딸의 얘기를 들을 수 있어서 감사합니다.
오늘 하루 무사함과 평온함에 감사합니다.
이 모든 것에 감사합니다.

출처 : 카페라떼 차 한 잔 하면서

행복해지려고 아등바등하는 것을 멈출 수만 있다면
우리는 행복해질 것이다.

– 에디스 와튼 –

04 | 나중에 돈 벌면

집에서 조금 떨어진 길목에 정육점이 있습니다.
아주 가끔 이용하던 정육점인데,
식당까지 함께 하려고 확장공사를 한 모양입니다.
완성된 가게 모습이 아주 예쁩니다.

몇 년 전, 청년사장이 처음 정육점을 할 때였습니다.
고기를 사러갔다가 '젊은 사람이 이런 힘든 일도 하는 구나!' 싶어
그 모습이 좋아보여서 이런 저런 이야기를 나누었지요.
고려대 체육학과를 나왔다는 젊은 사장에게 내 생각을 말해주었
습니다.

"나중에 돈을 벌면, 가게 옆에 근사한 정육식당을 차려보세요.
이 동네엔 맛있고 저렴하게 고기를 먹을 수 있는 식당이 없으니,
질 좋은 한우구이 집을 내면 잘될 거예요."

그때가 생각나서 입가에 저절로 미소가 번졌습니다.
저녁나절, 손님이 꽉 찬 청년사장의 가게를 보다가
기분이 참 좋았습니다.

감사합니다. 축복합니다. 대박 나세요!

출처 : 타이탈리 레스토랑에서

나에게 다가오고 있는 그 알지 못할 축복들에 감사하라.

- 아메리카 원주민 속담 -

05 | 산 넘어 산

한 치 앞을 알 수 없다는 말은, 내일 당장 눈앞에서 어떤 일들이
벌어질지 모른다는 말입니다.
우리는 살아가는 동안 많은 날들이 함께합니다.
"산 넘어 산", "이 또한 지나가리라!" 무수한 말들이 떠오르는 날
입니다. "얼마나 좋은 일들이 오려는 걸까?"
'나에게 다가온 난관을 잘 해결해보자', 마음속으로 다짐하고,
이 또한 지나가리라는 말을 떠올립니다.
등록금 낸지 며칠도 지나지 않았는데, 또 큰돈 들어갈 일이생겼습
니다. 돈이 뭔지, 언제부터인가 나에게 빙산처럼 무거운 존재가
되어, 몸이 아플 때 보다 더 나를 아프게 할 때가 많아졌습니다.
한다한다 하면서도 하지 못했던 종합검진을 했습니다.

대장용종 세 개를 떼어냈다고 의사가 말합니다. 세포검사 결과가
"선종"으로 나왔답니다. 그런데 용종이 아니라 선종이기에 앞으로
나쁘게 진행될 수도 있다고 합니다. 6개월 한 번씩 검사하라고 합
니다. 육식을 많이 하지 않는데 왜 그럴까 했지만, 건강관리 잘 하
라는 충고로 감사하게 받아들이니 마음이 조금은 편안해졌습니다.
오늘 하루 너무 허탈했는지 하마터면 다른 차를 받을 뻔 했지만,
아무 일 없어서 감사합니다. 힘든 하루였으나 내일은 좋은 일이
가득할 거라 생각하며, 이 모든 것에 감사합니다.

출처 : 어느 봄날 덕유산 정상에서

"나는 최선을 다했다." 이 인생철학 하나면 충분하다.

- 린 유탕 -

06 | 노력에 대한 답

묵묵히 여러 일을 처리한 후, 메일을 열었습니다.
몇 달 동안 애쓰고 기다렸던 민간자격등록결과 통보메일이 왔습니다. 법인을 만든 후 협회의 첫 자격과정인 민간자격등록이 통과되었습니다.

법무사를 통하지 않고 손수 이리저리 뛰어다닌 뿌듯한 결과입니다. 법인설립에 필요한 서류준비, 한국직업능력개발원 통과서류 준비 등등. 하나하나 남에게 맡기지 않고 스스로 하느라 힘들었고, 결과를 기다리기까지 기간 또한 길었습니다.

그렇게 애쓰고 애쓴 결과가 좋게 나와서 감사합니다.
노력에 대해 좋은 답이 나와서 감사 또 감사합니다.
앞으로 더 바빠질 것 같지만,
이 또한 감사합니다.

출처 : 대전 계족산 정상에서

인생이 살 만한 이유는
무엇인가에 대한 신념과 열정이 있기 때문이다.

– 올리버 웬들 홈스 –

07 | 할 수 있다

3월 중순. 〈향기〉 초고를 완성하기로 자신과 약속한 날.
비록 완성하지는 못했지만 성과는 있었기에 다시 매진했습니다.
마음먹고 3월 말일까지 다시 또 해 보기로 하고 달리게 되니 감사
합니다.

시험과 논문리딩, 강의준비에 어찌해야 할 바 모르겠지만
'무조건 쓰고 보자!' 이렇게 마음을 다집니다.
원래 마무리되지 않는 게 글쓰기.
세월아 네월아! 게으름 피운 것도 아닌데,
내 글 솜씨가 부족해서 그래.
핑계를 수만 가지나 더 만들면서도
그 핑계로 위안을 삼아가며 마음 편할 수 있으니 감사할 일입니다.

스스로를 이겨야 끝나는 게임.
아직 습관이 안 된 내 자신을 격려해봅니다.
'할 수 있다. 할 수 있어. 잘 해낼 수 있어.'
'지금처럼 하면 잘 될 거야!'
'힘내자! 아자 아자!'
스스로 격려하고 응원하니 없던 힘도 생겨나서 감사합니다.

출처 : 향기 책 원고 감수하면서

계획 없는 목표는 한낱 꿈에 불과하다.

− 앙투안 드 생텍쥐페리 −

08 | 덕분에 세차

분명히 주차장에 평행주차를 했는데
밤사이 내 차에 누군가가 달걀 세례를 퍼부었습니다.
비록 내가 실수했다고 치더라도 이건 아니지요.
깨진 달걀이 눌어붙어 세차하기 쉽지 않아, 은근히 부아가 치밀었
습니다.
그러다가 '누가 그랬는지는 모르지만 그 사람한테 무언가 불편했
기 때문에 그랬겠지.' 라고 스스로 위로합니다.
이 아파트에 오래 살았지만 이런 일은 또 처음 겪는 일입니다.
전화번호도 적어두었고 또 가로주차를 해놓았으니 전화를 해도
좋고 충분히 내 차를 밀어낼 수도 있는 상황이었습니다.
주차에 조금 더 신경 쓰자고 마음을 먹어봅니다만,
나중에 또 그리될까 불안합니다. 하지만 감사하게 생각하렵니다.
웬만하면 가로주차는 하지 말라고 상기시켜주었으니 감사합니다.
차에 크게 해코지는 안 했으니 감사합니다.
신고해봤자, 절차도 복잡하고 동네 주민일 것이니 서로 민망할 것
인지라. 그냥 두기로 합니다. 비로소 마음이 가벼워집니다.
덕분에 세차 한 번 시원하게 하게 되어 감사합니다.
굳은 달걀을 긁어내느라 차에 가는 상처가 나고 헛헛함이 묻어 나
는 하루였지만 이만하기 다행이라 생각하고, 이 모든 것에 감사합
니다.

출처 : 픽사베이 이미지

그럼에도 불구하고 감사하라.

- 감사십계명 -

09 | 봄이 오는 소리

차 지붕 위에 떨어지는 빗소리가 운치 있게 들립니다.
비가 제법 굵어지지만 이런 빗소리가 너무 좋아
비가 오면 자주 차 안에 앉아 빗소리 감상을 하곤 합니다.

계절이 지나는 길목.
목련꽃망울 하얀 속살 드리운 채
'봄이 와! 봄이야!' 라고 속삭이는 것 같습니다.

3월의 어느 날.
봄이 오는 길목에서 빗소리를 들으니 행복합니다.
봄이 오는 소리 감사합니다.
이 모든 것에 감사합니다.

출처 : 목련 꽃, 저녁 무렵 집 앞에서

누구나 매일 최소한 한 번은
감미로운 음악을 듣고, 아름다운 시를 읽고,
훌륭한 그림을 감상하며,
한마디라도 좋은 말을 해야 한다.

– 요한 볼프강 폰 괴테 –

10 | 실행이 성공의 시작

협회 로고가 들어간 자격증과 명함이 예쁘게 잘 나왔습니다.
프린트하는 방법까지 친절히 알려주신 사장님 감사합니다.

자격증을 기다렸을 선생님들에게 아로마 자격증을 보낼 수 있어
서 기쁩니다. 민간자격으로 등록되어 민간자격등록면허세라는 세
금을 처음으로 납부해봅니다.
세상을 알아가는 기쁨으로 하나씩 해나가는 수고로움도 재미가
있습니다. 구청 직원에게 명함 나온 것을 보여주었더니 웃으면서
"예쁘네요."라고 합니다. 감사합니다.

이 모든 일들은 내가 선택했고 또 원했던 일입니다.
일머리를 몰라서 힘들었습니다.
그럼에도 불구하고 할 수 있다는 희열을 느끼게 해주었던 일이라
감사합니다.

결국 원하는 것에 대한 그 일련의 과정을 하나씩 해결하고 실행하
는 것이 곧 성공의 시작이라는 생각이 듭니다.

작지만 깊은 깨달음을 얻는 감사한 순간입니다.
이 모든 것에 감사를 드립니다.

출처 : 문경새재 3 관문에서

나쁜 변명을 할 바에는 아예 변명을 하지 않는 게 낫다.

– 조지 워싱턴 –

11 | 선생님 최고예요

자격증을 받은 "수미가" 선생님의 전화가 왔습니다.
"선생님 최고예요."라고 칭찬해주었습니다.

그동안의 수고했던 나에게 큰 격려가 되었습니다.
기다려준 고마운 우리 선생님들, 정말 감사합니다.

나는 "우리 선생님들이 최고죠!"라고 말했습니다.
모두가 나를 믿고, 내 강의를 들어주고 기다려준 선생님들이니
까요.

앞으로 모두의 성장을 위해 더욱 매진하도록,
응원하고 축복하는 마음을 담아 보냅니다.

이 모든 것에 감사합니다.

출처 : 서울 아산병원 진료갔다가 정문 벤치 앞에서

누군가 내 마음을 이해해 주는 것보다
더 큰 위안은 없다.

- 조지 산티아나 -

12 | 자연의 이치, 엄마 물고기의 마음

갑천변은 운동 삼아 하루에 한 시간 정도 걷는 길입니다.
바다를 좋아하지만, 집 주변에 바다는커녕 호수도 없습니다.
그래서 갑천을 자주 찾게 됩니다.
갑천변을 걷다 보면 물이 조금 더 맑으면 좋겠다는 생각을 하게
됩니다. 어떤 때는 물이 바닥까지 마르기도 하고, 찰랑찰랑 물이
가득 차 있기도 합니다.
무슨 일이 일어났는지, 119대원들이 부산하게 오가고 지켜보는
사람들로 북적입니다. 물고기들이 봄 산란을 위해 갑천 풀숲 가
에 자리를 잡으러 왔다가 물이 빠져나가는 바람에 오도 가도 못
하게 된 모양입니다. 엄마 물고기들이 풀숲 위에 덩그러니 누워
있습니다.
119구조대원들이 열심히 그물로 잡아 물 많은 곳으로 옮겨주지만
안쓰러운 마음은 어쩔 수 없습니다. 부디 엄마 물고기와 어린새끼
들이 풀숲에서 안전하기를 기도합니다. 수고하시는 119 대원들께
도 감사드립니다.
물고기들을 보면서 또 세상의 변치 않는 이치를 생각합니다.
봄이 오면 꽃은 피고, 물고기는 산란하러 물길 따라 오르고, 만물
의 생체 시계는 마치 약속을 한 듯합니다.
영원히 변치 않는 자연에 감사합니다.
어느새 봄입니다.
봄꽃이 예뻐서 행복한 날입니다. 그래서 감사합니다.

출처 : 산책 길, 갑천변에서

분명한 사실은 우리가 항상 올바른 행동이
뭔지 알고 있다는 것이다.
어려운 것은 그 행동을 실제로 하는 것이다.
- 노먼 슈워츠코프 -

13 | 최선을 다하기

감사하게도 우리 학과에서는 보건학 예술치료를 공부하는데, 정신보건 복지센터 현장에서 각 전문분야의 예술치료 임상을 진행하면서 전문가들의 경험을 공유하면서 공부할 수 있습니다.
몇 학기 동안 이렇게 공부한 경험은 졸업 후에 정말 큰 도움이 됩니다. 참으로 귀하고 감사한 경험입니다.
이번 학기에는 실제로 임상 진행을 실습합니다. 그래서 예술치료 임상 5회기 "아로마테라피를 통한 마음 힐링" 계획서를 짜기 위해 고민하고 있습니다.

어떻게 하면 회원들과 소통이 되어 시너지효과를 얻을 수 있을지, 과연 기존프로그램에 비해 이번 기획으로 효과가 있을지, 일반인 대상이 아니라 조현병 환자 대상이어서 더욱 긴장이 됩니다.
조현병에 대해 알지 못한 상태에서 보낸 처음 1학기 동안은 너무 충격적이었고 힘들었습니다.

다른 선생님들의 임상을 보면서 계획하고 시도해 보는데 결과가 어떻게 나올지는 모르지만 처음 진행하기에는 조심스럽습니다.
사운드테라피, 아로마Tea테라피, 호흡테라피 등등 계획서를 고치고 또 고치고를 여러 번, 확신이 서진 않지만 최선을 다하고 있으니 감사합니다.
집중하는 이 시간에 감사합니다.

출처 : 프로젝트 회의를 하면서

어려운 일을 시작할 때

태도가 그 무엇보다 성패에 큰 영향을 미친다.

- 윌리엄 제임스 -

14 | 생각처럼 잘 안 된다

강의하기, 강의제안서 쓰기, 강의안만들기, 책쓰기, 학교수업과 과제, 책읽기, 논문읽기, 협회 다지기, 협회 MOU체결하기, 운동하기, 살빼기. 이런 일이 내가 요즘 하는 일입니다.

지금 하고 있는 일을 제대로 해서 자신이 바로 서는 것이 내가 원하고 바라던 삶입니다. 그에 맞는 일들을 하나씩 해나가고 있는 나 자신에게 감사합니다.

위에서 말한 것 중에 가장 소중한 것 먼저 하기로 꼽으라면, 운동과 글쓰기입니다. 운동과 글쓰기를 먼저하고 나머지 일들을 교차로 해나가면 되지만, 생각처럼 잘 안 됩니다. 하지만 욕심내지 않고 꾸준히 하면 안 될 일도 없다고 생각합니다.

협회 명함을 드리려고 협회 이사님과 커피숍에서 차 한잔하다가 테이블 위에 놓인 꽃이 너무 예뻐서 나도 모르게 넋을 잃고 바라보았습니다.

'넌 어쩜 이리 이쁘니?' 하며 실크 드레스 치맛자락처럼 부드러운 꽃잎을 한참 바라보았습니다.

나 또한 원하고 바라던 이 일들을 잘해나가다 보면 '이 꽃처럼 예쁘게 살 수 있을 거야!' 하는 긍정적인 생각이 듭니다.

이 모든 것에 감사를...

출처 : 실크자락 같은 꽃잎을 바라보며, 하린카페에서

큰 변화를 꿈꿀 때 일상의 작은 변화들을
결코 무시해서는 안 된다. 일상의 작은 변화들이 쌓여
전혀 예기치 못한 큰 변화가 이루어진다.

‒ 메리언 라이트 에덜먼 ‒

15 | 위로도 받고, 마음도 다 잡고

감사일기를 함께 쓰고 있는 동료 김영체 작가는
2018년 4월에 처음 책을 출간했습니다.
그리고 2019년에 이어 2020년에 세 번째 책을 출간했습니다.

진심으로 축하를 하면서도 부럽기만 합니다.
그의 활약이 나에게 좋은 자극이 되어 감사합니다.

글쓰기가 힘들 때는,
이은대 선생님의 "이은대 자이언트 북 컨설팅"이라는
밴드 글을 읽으면서 조금씩이나마 마음을 잡곤 합니다.

선생님의 글은 늘 시원하고 솔직 담백하여
나 자신을 돌아보게 하여 큰 도움이 되기 때문입니다.

그래서 습관처럼 이은대 선생님의 밴드 글을 읽고,
위로도 받고 마음을 다잡습니다. 그리고 힘까지 얻습니다.

늘 감사합니다.

출처 : 집 앞 대전청사 숲의 공원에서

고개를 똑바로 들고 길을 보라.
길이 보이면 보고 있지만 말고 걸어라

― 에인 랜드 ―

16 | 봄비 그리고 벚꽃

늦은 봄날 오후에 비가 내립니다.
'이 비가 그치면 이제 한동안 아름다움을 자랑하던 벚꽃이 다 떨어지겠지?'
아쉬움에 탐스런 벚꽃을 한참 바라봅니다.

비와 바람에도
아직 벚꽃은 흐트러지지 않습니다.

꽃잎이 떨어져 날렸지만
벚꽃은 그 자체로 아름다웠습니다.

우리 삶 또한,
비바람에 시달리더라도
이렇게 아름다운 것이라는 생각을 해봅니다.
아름다운 꽃들에게 감사합니다.

출처 : 유채꽃과 벗꽃, 제주에서

창가를 덮은 얼음꽃이 따스한 햇살에 녹는것처럼,
사람은 역경을 통해 서로 가까워지고
서로의 관계 속에서 아름다움과 조화를 피워 낸다.

- 쇠렌 키에르케고르 -

17 | 핸드폰을 찾게 되어

새벽 일찍 일어나 어제 못다 읽은 논문을 보다가,
내가 그리도 찾으려 애쓰던 좋은 부분 발견하여 감사합니다.
강의실에 도착했는데 핸드폰이 사라지고 없습니다. 순간 머리가
하얘졌지요. 기억을 더듬어 왔던 길을 되돌아 가봤지만 폰은 보이
질 않고.
'이제 어쩌지?' 앞이 캄캄합니다.
무엇부터 먼저 해야 할지를 생각하고 있는데, 동료 선생님이 나한
테 전화했다가 길에서 주웠다는 분과 통화를 하게 되었답니다. 결
국 핸드폰을 찾았습니다. 얼마나 감사했는지 모릅니다.

몇 년 전, 캄보디아 여행 때 있었던 일이 생각납니다.
캄보디아에 소매치기가 많다는 말을 듣고 조심하던 차였는데,
앙코르와트 물의 궁전을 지날 때였습니다.
오토바이를 탄 소매치기단이 우리 트라이시클 옆으로 바짝 붙더
니, 조심한다고 안쪽으로 메고 있던 가방을 낚아채 가버렸지요.
가방을 뺏기면서 핸드폰, 지갑, 여권 등도 다 잃어버렸고.
결국 아무것도 찾지 못해 발만 동동 굴렀던 기억이 납니다.
논문 때문에 정신을 놓고 다녔나 봅니다.
아무리 힘들어도 정신만은 차리기로 단단히 마음먹었습니다.
동료 선생님과 폰을 주워 돌려주신 분께 너무나 감사합니다.
이 모든 것에 감사합니다.

출처 : 크로아티아 플리트비체에서

어디를 가고 있는지 어리둥절할 때일수록
정신을 바짝 차려야 한다.
엉뚱한 곳으로 갈지도 모르니까.

– 요기 베라 –

18 | 언제 엄마와 대화가 될까

25년 전의 오늘, 아들을 낳았습니다.
하나님이 주신 선물 같은 아들, 나에게 과분한 아이입니다.

어린 아들을 바라보며 '언제 엄마와 대화가 될까?' 라고 했던 때
가 엊그제 같은데, 이제 아들은 이 세상의 그 누구보다도 다정하
게 엄마의 얘기 들어주는 친구 같은 존재가 되었습니다.
하지만, 요즘에는 늘 하는 일이 바빠서 손님인 양 잠시 다녀가곤
합니다.

지난주 생일 며칠 전에 집에 온 아들에게 생일 음식을 미리 먹여
보냈지만, 왠지 짠하기만 합니다.

그래도 생일날 밥 굶지 않고 잘 먹었다고 하니 감사할 따름입니다.
형들이 선물한 쿠폰 선물을 받았다고 자랑도 했습니다.

스트레스 날려버리라고 누나가 맛있다는 피자 쿠폰을 보냈다면서
화상 전화로 피자를 맛있게 먹는 모습을 보여주어 함께 웃으며 수
다를 떨었습니다.
생일날 전화로 아들과 소통 할 수 있어서 감사합니다.

이 모든 것에 감사를 드립니다.

출처 : 아들과 커피숍 쇼윈도 앞에서

다정스러움은 그 어떤 정열에 찬 서약보다 더 위대한 사랑의 증거다.
– 마를레네 디트리히 –

19 | 공부가 쉬운 게 아니야

딸에게 상을 주었습니다.
교사 임용고시를 준비하는 아이가 인터넷 강의 한 바퀴 돌린 기념
으로, 함께 맛있는 음식을 먹은 다음 영화를 봤습니다.
딸에게 상 주려던 것이 오히려 내가 계 탄 날이 되어버렸습니다.

딸아이가 쉴 틈 없이 공부하는 모습이 안쓰러워, 틈새를 비집고
들어가서라도 뭔가를 통해 숨 좀 쉬게 해야겠다고 생각했습니다.
엄마로서 조금이라도 도움이 되었으면 했지만, 해줄 게 딱히 없었
습니다.
그래서 곰곰이 생각하다가 이런 이벤트를 생각해낸 겁니다.

영화를 보는 매 순간, 딸아이가 오랜만에 휴식하는 호사를 부리고
있는 모습을 살펴봅니다.
"공부가 쉬운 게 아니다, 아니야."라고 했더니 이렇게 말합니다.
"아니야. 차별 없이 똑같이 시작하는 공부는 쉬운 거에 속해, 어
렵기도 하지만!"

아이의 진심을 보게 되어, 그리고 아이가 조금이라도 쉬는 모습을
보게 되어, 너무나 감사한 하루였습니다.

오늘 하루, 이 모든 것에 감사합니다.

출처 : 공주 마곡사에서

때로는 행복을 추구하는 것을
잠시 멈추고 그냥 행복을 느껴 보는 것도 좋다.

– 기욤 아폴리네르 –

20 | 나만의 행복하고 특별한 시간

W기업에서 "향기를 통한 오감 힐링"이라는 주제로 목포본부 강의를 하면서 오히려 내가 더 힐링을 한 것 같은 느낌을 받아서 감사합니다.

정감 넘치는 직원들. 한 분 한 분마다 향기를 통해 힐링이 되었다면서 소감을 밝혔고 가슴 울리는 감동적인 말까지 해주셨습니다.
강의가 끝나고도 떠나지 않고 주변 정리를 도와주면서 옆에 와서 자기 속마음을 이야기해 주시는 직원분도 많았습니다.

담당자께서 그 유명한 목포 삼합을 사주셔서 맛있게 먹으면서
강의 중에 10년 전 영업 관리했던 내 경험을 이야기했더니
스카웃트 제의를 하셨습니다. 감사합니다.
이런 말을 들을 때 강사라는 직업이 참 뿌듯합니다.
먼 곳으로 강의하러 갈 때면, 여행하듯 풍경을 즐기게 됩니다.
일정이 모두 끝난 후, 집으로 돌아가기 위해 커피 한잔과 함께 운전하는 것은 나만의 행복이자 특별한 시간입니다.
오늘 하루에 무한한 감사를 느끼는 시간이기도 합니다.

마침 비가 내립니다. 비 오는 호남고속도로에서 김제를 지나는 아름다운 국도 풍경은 나에게 더욱 큰 힐링이 됩니다.
4월의 대지에 잔잔히 내리는 비가 내 마음을 편안하게 해줍니다.
장거리 안전운전에 감사하며, 오늘 하루 이 모든 것에 감사합니다.

출처 : 강의 후, 김제 국도를 지나면서

겸손은 삶에서 일어날 수 있는
모든 변화 가능성에 대해 마음의 준비를
하게 해 주는 유일한 진짜 지혜다.

− 조지 알리스 −

21 | 사랑을 먹다

평택시 남부노인복지관에서의 친절서비스 강의, 380분의 어르신들께 3시간이라는 긴 시간은 만만치 않기에 고민하고 또 고민한 강의였습니다.

사회복지사님의 부탁을 참고하여 잠시도 지루할 겨를이 없도록 하는 것을 포인트로 삼았습니다. 고민이 무색할 정도로 첫 시간부터 모두 적극적으로 참여해 주신 덕분에 재미있게 강의를 마무리할 수 있었습니다.

참여해 주신 어르신 한 분 한 분께 깊이 감사드립니다.

강의를 마친 후, 지하 1층 주차장에서 어르신 한 분을 만났습니다. 짝꿍이 없어 맨 앞에 앉으신 죄로, 무대 앞으로 나와 저와 짝꿍을 하신 그 어르신입니다. 강의 때 죄송했다며 인사를 했더니. 손에 쥐고 있고 사탕을 까서 내 입에 넣어주셨습니다.

사탕이 아니라 사랑을 먹었습니다. 그래서 더욱 감사합니다.

사회복지사님도 강의를 너무 재미있게 들었다면서 감사인사를 여러 번 해주셨습니다. 나중에도 피드백 설문지 반응이 너무 좋았다면서 전화를 또 주셨습니다. 부족한 강의를 재미있게 들어주시는 어르신들과 담당 사회복지사님께 감사합니다. 인천에서 강의장까지 먼 길 마다않고 와준 "도연"샘 덕분에 오랜만에 수다도 떨고 재미있는 시간 보낼 수 있었습니다.

오늘 이 모든 것에 감사합니다.

출처 : 딸기음료를 마시면서

세상을 살면서 사랑스러운
소박한 것들이 결국 진짜 중요한 것들이라는
사실을 나는 깨우치기 시작하고 있다.
- 로라 잉걸스 와일더 -

22 | 좋은 사람들에게는 좋은 이유가 없다

전직 동료와 오랜만에 만나 소주 한잔하면서,
시간 가는 줄 모를 정도로 즐겼습니다. 감사합니다.

"맥주 할래? 소주 할래?" 하면, "소주!" 하는 소주파들!
마음 맞는 사람들과 소주 한잔해서 감사합니다.

힘든 속내까지 드러내는 통에 의도치 않게 감정이입이 되는 바람
에 마음이 편치는 않지만
'사는 게 다 이런 거지.' 하는 마음이 들기도 합니다.

퇴사한 지 10년이란 오랜 시간이 흘렀지만
여전히 한결같은 동료들입니다.
늘 푸른 상록수처럼 변함없이 좋은 사람들입니다.

언제나 그냥 그렇게 서로 좋기만 합니다.
왜 좋으냐고요?
좋은데 이유가 없습니다.
함께여서 감사합니다.

출처 : 거제 고래섬이 보이는 "어웨일카페펍"에서

가장 쉬운 관계는 만 명과 맺는 것이며,
가장 어려운 관계는 단 한 명과 맺는 것이다.

− 조안 배즈 −

23 | 선물은 줄 때가 더 행복하다

4개월 동안 신경 치료받고 나서야 드디어 치아치료가 끝났습니다. 신경 조직망과 치아가 얼마나 소중한 것인지를 몸소 경험했습니다.
신경치료를 다 하고도 살릴 수 없는 치아를 뽑기로 했습니다.
아무튼 치료가 무사하게 끝나서 감사합니다.
이제 이를 잘 닦아야겠습니다.
어린 시절부터 이 닦기를 게을리 한 것이 후회 됩니다.

치과 원장님은 같은 모임 회원이라서 더 편하게 치료를 받을 수 있었습니다. 고마운 마음으로 작은 선물 하나를 준비하기로 했습니다.
친절하고 상냥한 간호사님들에게 선물할 향수를 만들면서 무척 행복했습니다. 향수 선물을 받고 너무나 좋아하는 간호사님들을 보고 또 행복했습니다.
향기를 너무 좋아해 주셔서 선물한 보람이 있었습니다.
역시 선물은 받을 때 보다 줄 때가 더 행복한 것 같습니다.
오늘이 출근 마지막 날이라며 인사하는 막내 간호사님의 앞날을 축복하고, 피로에 찌든 원장님의 두통이 없어지길 바랍니다.

그리고 이 모든 것에 감사합니다.

출처 : 간호사님에게 선물한 향수

신이 가진 속성은 다 같지만
그중에서도 자비는 정의보다 훨씬 더 밝게 빛난다.

– 미겔 데 세르반데스 사아베드라 –

24 | 어린이날은 엄마 날

'애들이 언제 이렇게 컸지?' 하는 생각을 할 때가 있습니다.
사는 게 바쁘다는 핑계로 앞만 보고 달려왔는데, 아이들은 어느새
다 커서 이제 어른입니다.

5월 5일 어린이날 저녁이 되어서야 '아! 오늘 어린이날이구나.' 했
습니다. 14살 때, 엄마의 마지막 모습을 보았습니다. 그리고 2년
뒤, 엄마가 나이 40에 세상을 포기하셨다는 소식을 전화로 들었지
요. 그래서 나에게 어린이날은 늘 그리운 엄마 날입니다.

어린 시절, 아빠 회사에 부도가 났을 때, 엄마는 우리 배고프지 않
도록 값싸고 양이 많이 나오는 소면을 자주 끓여주셨죠. 한 달 내
내 질리도록 국수를 먹었지만 행복했습니다.

내가 엄마보다 더 엄마가 된 지금의 5월 5일은 엄마 날입니다.
이팝나무를 보면서 시를 씁니다.

흰 꽃이 만발하면 이팝(쌀밥)처럼 보여서 이팝나무라 했던 그 나
무. 그 옛날 배고픈 사람들이 이팝나무를 보면서 쌀밥을 그리워했
듯이, 지금 이팝나무를 보면서 엄마를 그릴 수 있어서 감사합니
다. 꽃말이 "영원한 사랑"이니 부모님 마음과 같습니다.

이팝꽃 무리만큼이나 소복하고 둥글게 핀 부모님 얼굴이 보고 싶
습니다. 부모님께서 환하게 웃으며 머리를 쓰다듬어 주시던 장면
을 상상하니, 마치 지금 바로 내 곁에 계신 것만 같습니다. 부모님
은 언제나 내 곁에 계실 줄 알았습니다. 이팝꽃을 보면서 잠시라
도 엄마 얼굴 그려보는 이 시간이 감사합니다.

출처 : 픽사베이 이미지

밥나무

오월이면 연녹색 수줍은 잎사귀의 외출
만물이 피어나는 시간 속에 그리던 내 꿈도 활짝핀다

이팝 밥알 소복이 나뭇가지에 걸리면
바라만 봐도 배가 부르고

이팝꽃 만개한 거리에 서서
세상 부러울 것 없는 향기에 취해

넉넉하고 넉넉함의 엄마 미소가 절로 지어진다

– 김채연 시 –

25 | 사랑한다고 말해줘서 고마워

어버이날입니다.

부모님의 산소에 다녀온 남동생이 "'단톡방"에 사진을 올려 주었습니다. 우리 오 남매들은 "대화방"에서나마 남동생 내외에게 고마움을 전했습니다.

"잘했다."

"수고했다."

"올케가 참 고맙다."

마음씨 고운 남동생 내외가 정말 기특하고, 감사합니다.

사느라 바쁘다는 핑계로 마음으로만 부모님 은혜에 감사함을 잠시나마 전했는데 이팝나무 꽃이 흐드러지게 필 때면, 부모님 생각이 더 간절해집니다.

부모님 살아생전에 자주 찾아뵙고, 함께 맛있는 음식을 나누며 지내야 합니다. 엄마 돌아가신 후, 혼자 계셨던 아빠에게 못해 드린 것만 생각납니다. 조금이라도 더 자주 찾아뵐 걸 하고 후회합니다. 부모님을 생각할 수 있는 어버이날이 있어서 감사입니다.

아들, 딸이 전화와 편지로 엄마에게 감사하다고, 사랑한다고 전해주는 말 한마디가 참 고맙고, 감사합니다.

이 모든 것에 감사합니다.

출처 : 오월의 어느 날, 집 주변에서

아버지의 첫 사랑

첫눈 오는 날
버스를 타고 창원을 간다

아버지 기일은 우리 오남매 만나는 날이다

첫눈 오는 날
첫사랑 만나야 하는 날인데
아버진 우리가 첫사랑인가 보다

그리움으로 밤을 하얗게 지새다
하얀 첫눈으로 오신 아버지
아버진 우리가 첫사랑인가 보다

− 김채연 시 −

26 | 우리 모두는 '나의 특별한 형제'

가족들과 함께 〈나의 특별한 형제〉라는 영화를 보았습니다.
사회문제를 다룬 이런 영화가 나오는 것은 감사한 일입니다.
이런 영화가 자주 나와야, 사람들이 밝음 이면에 그늘이 있다는
사실을 알 수 있습니다. 20년간 함께 살던 형제가 흩어져 살게 됩
니다. 극 중 신부님의 말씀이 떠오릅니다.
"힘이 없는 사람들은 같이 살아야 한다."
함께 살아가야만 사람다운 삶을 살 수 있습니다. 인간은 누구나
혼자서는 힘없고 나약한 존재입니다. 인간은 혼자서는 일어설 수
없습니다. 가족이라는 든든한 울타리가 보호막이 되어줍니다. 또
가족이 있어 힘을 내고 살아갈 수 있습니다.

어린 시절, 우리 오 남매도 서로에게 특별한 형제였습니다.
중학교 2학년짜리가 엄마 대신 밥하고 빨래하면서 참 애쓰고 살
았습니다. 늘 안 계신 엄마나 찾고, 초등학교에 입학도 못 한 막내
를 서로 달래가며 돕고 살았습니다. 언젠가 큰 남동생이 하는 말
한마디에, 어린 시절의 고생이 한순간에 보상받는 듯했습니다.
"우리 둘째 누나 덕분에 배 안 곯고, 맛있는 것 실컷 먹을 수 있었
어. 누나 많이 고마웠어."
참 고마웠습니다. 남동생의 그 한마디가. 형제와 가족에 대해 생
각해보는 시간을 주고, 가족과 함께 좋은 영화를 볼 수 있는 연휴
마지막 날에 감사합니다. 이 모든 것에 감사합니다.

출처 : 소품 사진, 커피숍에서

인생은 양파와 같이
한 꺼풀씩 벗기다 보면 눈물이 난다.

- 칼 샌드버그 -

27 | 어쩜 이리 예쁘니

화초들도 자주 바라봐줘야 합니다.
작년 수업 끝나고 함께 하기 시작한 예쁜 화초들,
1년이나 지났지만, 잘 자라고있어 감사합니다.
작년에 데려온 구피도 새끼를 낳았는데, 지금까지 잘 살아 있어
감사합니다.

제라늄엔 빨간 꽃이 피었고, 카랑코에는 오랜만에 노랑꽃이 피었
습니다. 엘레강스도 추운 겨울을 잘 버텨주었습니다.
엘레강스의 가녀린 잎에 꽃망울이 잡혔습니다. 감사한 일입니다.

식물이나 동물도 사람과 다르지 않습니다.
사랑해주고, 관심 가져주고, 아껴주고, 바라봐 줘야 합니다.
건강하고 예쁘게, 귀하게 성장하도록 관심과 사랑을 주어야 합니다.

창가를 바라보며 화초들에게 말을 건넵니다.
"어쩜 이리 예쁘니? 얘들아 잘 커 줘서 고마워! 잘 자라라."
이렇게 말하고 웃어줍니다. 기분이 덩달아 좋아집니다.

이 모든 것에 감사합니다.

출처 : 가랑코에 꽃, 집에서

자연은 인간의 상상력을
이용해 자신의 창조물을 한층 더 높은
차원으로 끌어올린다.

\- 루이지 피란델로 -

28 | 생각이 곧 감사

수업 때, 녹음한 강의를 다시 들으며
교수님 강의 내용을 정리해 보지만 집중이 잘 안 됩니다.
이런 날은 힘을 내보자고 마음속으로 다짐합니다.
힘을 내려 애쓰는 스스로에게 감사합니다.
지치고 힘들 땐 다른 사람이 해주는 밥을 먹는 것이 상책입니다.
집 앞에 들깨 수제비 잘하는 곳이 있습니다. 오랜만에 들깨 수제
비를 맛보았습니다. 덕분에 기분 전환이 되었습니다.
들깨 수제비를 먹다가 벽에 걸린 액자 글이 눈에 들어왔습니다.
감사일기를 쓴 지가 거의 천일이 되어갑니다.
"한 줄이라도 쓰자."고 한 감사일기 동료 김영체님의 말대로
한 줄이라도 쓰겠다는 생각을 합니다.

감사일기 쓰기가 싫을 때도 있고, 귀찮을 때도 있습니다.
어떤 날은 형식적으로 감사일기를 쓰고 있는 것 같아서 고민이 될
때도 있습니다. 이럴 때는 초심으로 돌아가 봅니다.
액자에 있는 "감사 십계명"을 찬찬히 읽어봅니다.
생각이 곧 감사입니다.
생각이 행동으로, 행동이 곧 결과로 이어집니다.
이 모든 것에 감사합니다.

출처 : 봄 꽃, 대전 청사숲의공원 입구에서

감사 십계명

1. 생각이 곧 감사다.
2. 작은 것부터 감사하라.
3. 자신에게 감사하라.
4. 일상에 감사하라.
5. 문제에 감사하라.

6. 더불어 감사하라.
7. 그럼에도 불구하고 감사하라.
8. 잠들기 전에 감사하라.
9. 감사의 능력을 믿고 감사하라.
10. 모든 것에 감사하라.

29 | 잘 보이려다

어제 얼굴 가렵더니 오늘 오돌 도돌 피부에 뭔가 올라왔습니다.
예쁘게 보이려고 피부에 신경 좀 쓴다고
잘 안 하던 팩을 했다가 이렇게 되었습니다.

오후가 되니 오전보다 더 심해져 얼굴에 난리가 났습니다.
붉은 반점에 가렵고 부어오르기까지.
저녁이 되자 내 얼굴은 파충류의 모습입니다.
큰일입니다. 얼굴에 했던 팩이 오래되었거나
내 피부와 안 맞았나 봅니다.

가라앉혀 보려고 얼음과 오이 팩을 해도 그때뿐이고,
독소가 다 나오려면 최소 일주일은 걸릴 것 같습니다.
항 알러지에 좋다는 카모마일저먼 오일을 블랜딩해서 일단 발라
두었습니다.

이 얼굴로는 강의연단에 설 수 없으니 하는 수 없이 피부과를 찾
아가 봐야겠습니다.
살면서 한 번도 트러블이 없었던 내 피부에 대한 감사함을 느끼
며, 오늘 이 모든 것에 감사합니다.

출처 : 아로마오일 박스

우리는 언제든 사실을 있는
그대로 받아들일 준비 자세를 갖춘
강한 정신을 지니고 있어야 한다.

− 해리S. 트루먼 −

30 | 최고의 강의

연수원 장소가 너무 아름다워서 더없이 행복했던 날입니다.
교육생 인원이 59명으로 조금 많아서 실내가 덥습니다만
공무원연수원이라서 더워도 아직까진 에어컨을 틀 수 없었습니다.

마이크 배터리 때문에 걱정을 했지만,
긴 강의 시간 동안 차질 없이 사용할 수 있어서 감사합니다.
강의가 끝난 후, 교육생들이 입을 모아 칭찬해주시니 감사합니다.

"힐링이 되었어요."
"가슴이 뻥 뚫리고, 머리가 맑아졌어요!",
"지금까지 들어본 강의 중 최고였습니다."
"짧은 시간이지만 알차게 진행해 주셔서 감사합니다!"
연수 담당 주무관님 말씀에 또 감사했습니다.

강의를 끝내자 오히려 더 힐링이 되니 행복합니다.
시원하게 강의하고 나면 보약이라도 먹고 오는 기분입니다.
준비해두었던 디퓨저와 차량 방향제, 목걸이를 선물로 나눠 드렸더니 너무 좋아해 주셨습니다.
이 모든 것에 감사합니다.

출처 : 픽사베이 이미지

행복은 미덕도 기쁨도
이것도 저것도 아니라 오로지 성장이다.
우리는 성장할 때 행복하다.

- 윌리엄 버틀러 예이츠 -

夏

무더웠던 올여름,
어르신들과 함께 호흡한 시간이
참으로 감사합니다.

PART 02

Summer
: 여름

01 | 소풍처럼

국내 최고의 심리극 고수이신 박 교수님께서 진행하시는 수업을 우리 석·박사 선생님들과 교수님의 심리상담센터에서 함께 하게 되었습니다. 전국에서 오신 선생님들이 참여하는 1박 2일 심리극 전문 상담사 워크샵에, 소풍처럼 기쁘게 다녀오게 되어서 감사합니다.

살아가면서 마음 깊숙이 쌓아둔 나의 이야기를 풀어봅니다.
워크샵에 참가한 선생님 중 한 분이 주인공이 되어 삶의 실타래를 풀어가는 시간. 우리들의 이야기가 마치 내 이야기인 거 마냥 감동이 전해져왔습니다.
인생의 희로애락이 그대로 드러나는 우리의 이야기!
우리의 이야기를 극의 여러 장면으로 만들고 풀어가는 시간,
디렉터의 역할이 참으로 중요하다는 것을 알게 되어 감사합니다.

워크샵을 마치고, 마침 "고현"선생님 생일이이서 생일 축하하는 시간도 가졌습니다. 그래도 1박 일정인데, 그냥 시간 보내기가 너무 아쉽다는 선생님의 소원풀이로, 상무지구 나이트클럽에 가서 즐거운 시간을 보냈습니다.
덕분에 발바닥이 아프도록 춤을 췄습니다.
10년 만에 나이트클럽에 와본 것 같습니다.
"고현"샘의 생일축하를 명분삼아 밤새워 놀았습니다.
이 모든 것에 감사합니다.

출처 : 소국 화분

어느 누구도 과거로 돌아가
새로 시작할 수 없지만, 누구나 지금부터 시작해
전혀 다른 결과를 만들어 낼 수는 있다.

– 카를 바르트 –

02 | 건강이 최고

공부한다는 것은 즐거운 일입니다.
하지만 공부도 체력이 뒷받침되어야 가능합니다.
옛 어른들의 말씀, 하나도 그른 것이 없습니다.
"건강이 최고다!"라는 말!
몸이 아프니 비로소 건강의 소중함을 느낍니다.

면역력이 떨어졌는지 감기가 쉽사리 낫지 않습니다.
불편하지만 웬만하면 약을 안 먹고,
아로마오일 가글, 향기마사지, 향기목욕을 합니다.

따뜻한 물 자주 마시고, 비타민제와 항산화제, 음식으로 이기려
노력해봅니다.
토마토 스크램블, 살코기 구이, 노니주스, 사과, 히포크라테스 스
프, 방울토마토, 파프리카. 그리고 마늘과 브로콜리는 이제 생필
품 또는 음식의 필수재료가 되었습니다.

이 모든 것에 감사합니다.

출처 : 볶음밥, 브런치 카페에서

절제하고, 소식하고,
모든 것을 골고루 조금씩 맛보는 것은
행복과 건강의 비결이다.

- 줄리아 차일드 -

03 | 지금 바라볼 수 있어서

세상 그 무엇보다 소중한 딸!
오늘이 꽃처럼 예쁜 딸아이 생일입니다.
어찌 엄마의 깊은 사랑을 다 표현할 수 있을까 싶지만.
핑크 카네이션을 닮은 예쁜 수제 케이크와 함께 편지를 준비할 수 있는 것에 감사합니다.

사랑하는 딸에게
세상을 훨훨 날아 원하고 바라는 삶을 살기를 바란다고 마음의 편지를 썼습니다. 어른이 되었지만, 나에게는 언제나 아이 같은 딸입니다.
딸의 웃는 얼굴을 볼 수 있고, 맛있는 음식을 함께 먹을 수 있어서. "사랑한다!"라는 말을 언제나 할 수 있으며 늘 딸 곁에 지금 함께 있을 수 있어서 감사합니다.

어린 시절, 엄마가 사무치게 그리웠습니다.
엄마는 살아있는 신처럼 오래도록 아이들 곁에 있어 주어야 된다고 생각합니다.
나에게는 그런 기회가 없었지만, 딸에게는 해 줄 수 있는 일이라 감사합니다.
딸의 얼굴을 지금 바로 곁에서 바라볼 수 있어서 감사합니다.
이 모든 것에 감사를 드립니다.

출처 : 딸 생일날 카네이션 수제케익

우리를 행복하게 해주는 사람들에게
감사해야 한다. 그들은 우리의 영혼에 꽃이 피도록 가꾸는
신비로운 정원사와 같기 때문이다.

- 마르셀 프루스트 -

04 | 세월의 흐름에 대한 답

사촌 동생 윤이가 결혼합니다.

동생 덕분에 오랜만에 친척들과 가족들을 만날 수 있어서 감사합니다. 사촌 형제만도 열아홉 명이라 반가움에 웃고 껴안기를 여러번 했습니다. 25년 만에 보는 사촌 언니와 나는 서로를 몰라보았습니다.

'안면은 익은데, 저분은 뉘시더라?' 하고 바라보다가,

나중에 알고 나서 배를 잡고 웃었습니다.

유독 예쁘고 곱던 언니의 변한 모습과 내가 아줌마로 변한 현실은, 세월의 흐름에 대한 답과 같았습니다.

작은아버지, 작은어머니의 야위고 주름진 모습에

누구도 세월을 비켜 갈 수가 없다는 것을 느꼈습니다.

이제 아버지를 만나고 싶어도 만날 수 없지만,

살아있는 사람들은 언제든 만날 수가 있습니다.

아버지 5형제 중 다섯째 작은아버지 한 분만이 계십니다.

어린 시절, 삼촌은 거인 같았고 람보처럼 멋지고 이상이 높은 청년이었습니다.

지금은 70이 넘은 노인이 되었지만, 내 마음속엔 언제나 청년 모습 그대로입니다. 날씨가 더워져서 조금 지쳤지만, 오랜만에 친척들 가족들을 만나 감사합니다.

예쁜 우리 윤이!

잘 살기를, 행복하기를 바라면서 이 모든 것에 감사합니다.

출처 : 유럽여행에서

하루하루를
어떻게 보내느냐에 따라 인생이 결정된다.

- 애니 달라드 -

05 | 토닥토닥, 참 애썼다

기업체와 학교, 하루 두 번의 강의는 처음입니다.
W 기업 광주본부 직원들의 친절한 배려에 감사합니다.
고마운 책임자와 직원 분들, 강의가 너무 좋았다는 피드백과 함께 다음엔 향수 만들기 강의로 꼭 모시고 싶다고 해 주시어 감사합니다.

광주에서 다음 강의 장소인 청양고등학교에
다행히 강의 시간 40분 전에 도착할 수 있어서 감사했습니다.
강의실에 강의 제목이 들어간 플래카드까지 달아주시어 감동했습니다. 아로마향기 힐링 강의에는 소품이 많아 보조강사가 필요할 때가 많지만, 함께 이동할 상황이 안되다보니 혼자 다닐 때가 많습니다.
강연을 의뢰해 주신 부장 선생님의 배려에 감사합니다.
청양고등학교 선생님들이 다 너무 순수하셔서 기억에 남습니다.
향기 힐링을 좋아해 주신 선생님들 덕분에 강의가 잘 마무리되어 감사합니다.
향기 힐링 교직원 연수를 마치고 돌아오는 길에
긴장이 풀리고 몸이 찌뿌둥하더니 몸살이 오는 듯합니다.
아침 일찍부터 익산에서 광주로, 청양으로 대전으로
장시간 운전으로 허리가 아팠지만 행복한 하루였습니다.
분주한 하루를 잘 마무리한 나에게 토닥토닥, 애썼다고 말해주고 싶습니다. 이 모든 것에 감사합니다.

출처 : 청양고등학교 강의장에서

꼭 해야 할 일부터 시작하라.
그 다음은 할 수 있는 일을 하라.
그러다보면 어느 순간 불가능하다고 생각했던 일을
해내고 있음을 알게 될 것이다.
– 아시시의 성 프란체스코 –

06 | 그동안 수고한 나에게

학교로 출발한 지 얼마 안 되어, 핸드폰을 집에 두고 온 것을 알았습니다. 오늘 14회기 임상 진행을 함께 진행해야 하는데, '되돌아가서 폰을 가져올까? 그냥 정신보건복지센터로 갈까?' 잠시 고민했습니다.
돌아가기에는 시간이 좀 부족하고…
동료 선생님과의 공동 진행이니 늦을 수도 없고…
결국 약속을 지키기 위해 그대로 학교로 향했습니다.

네비게이션 없이 고속도로 운전하는 건 처음이지만, 이제 가는 길이 익숙하니까 큰 문제는 없었습니다. 네비게이션이 없어서 다소 불편하긴 했지만, 덕분에 조용해서 좋았습니다.
신호를 지키고 과속하지 않아 감사합니다.
생각보다 일찍 도착하여 감사합니다.

중국 유학생인 동기 선생님과 커뮤니케이션이 원활하지 않는 돌발 상황이었지만 사회복지사님의 도움으로 잘 해결되어 감사합니다.
동기 선생님이 임상이 끝나고 나서 초콜릿을 건넸습니다.
나의 수고를 알아주신 선생님의 마음이 고마워서 사양 않고 받았습니다. 학기가 완전종강이 되어 교수님들 동료선생님들과 함께 밥도 먹고 차도 마시면서 얘기를 나누는 홀가분한 시간을 가졌습니다.
한 학기 동안 수고한 내 자신에게 감사합니다.

출처 : 유럽여행에서

소소한 일상에 대해 감사할 줄 알고
사소하고 작은 감사습관은 우리의 인생을 바꾼다.

－ 김채연 －

07 | 몸의 신호

마무리 과제를 하던 중
허리통증 때문에 수시로 스트레칭을 했습니다.

너무 신경 쓰고 무리했는지 허리가 좀 아프지만
스트레칭을 할 수 있어서 감사합니다.

나의 고질병인 허리 디스크에는
근력운동과 다이어트가 병행되어야 합니다.
내 인생의 숙제인 운동과 다이어트 어쨌거나 이겨내야 하겠지요.

몸의 신호는 건강을 위한 감사함입니다.
이 모든 것에 감사합니다.

출처 : 갑천변, 운동하다 노을을 바라보면서

내가 바라는 것은
보다 가벼운 짐이 아니라 보다 건강한 어깨다.
– 유태인 속담 –

08 | 나는 날마다 점점 더 좋아지고 있다

허리통증이 예상보다 심해졌습니다.
이번에는 병원을 바로 가지 않기로 합니다.
복식호흡과 복대 운동을 병행하고 걷기 운동도 꾸준히 하기로 했습니다.

찌릿찌릿한 통증이 있지만, 며칠 동안 걷기 운동을 하다 보면 좋아질 겁니다. 약보다는 운동이 훨씬 낫습니다.
문제는 하다 마는 것입니다.
세상사 모두에 통용되는 교훈입니다.

꾸준하게 즐기면서 하는 것을 이기는 것이 없습니다.
꾸준한 습관을 들이게 되어 감사합니다.

자연도 내 마음을 위로해 줍니다.
길을 걸으면서 마주하는 주변의 푸른 나무와 꽃잎들, 시원한 바람, 연초록 잔디, 새들이 지저귀는 소리를 들을 수 있어서 감사합니다.

나는 늘 마음속으로 외칩니다.
'할 수 있다. 건강해질 수 있다. 나는 날마다 점점 더 좋아지고 있다!' 라고. 이 모든 것에 감사합니다.

출처 : 집 앞, 정부청사 숲의 공원 입구에서

일어나면 항상 감사할지어다.
오늘 많은 것을 배우지 못했더라도 조금이라도 배웠을 테고,
조금도 배우지 못했더라도 최소한 아픈데는 없을 테고,
만약 아팠다면 최소한 죽지는 않았으니,
우리 모두 감사할지어다.

- 부처 -

09 | 엄마표 수제 돈가스

수제 돈가스를 만드는 나만의 비법이 있습니다.
식빵 가루가 떨어졌나 했는데 냉동실에 조금 남아 있는 것을 찾았습니다.
다시 슈퍼에 안 가도 되니 감사합니다.

엄마표 수제 돈가스를 맛보는 아들에게 묻습니다.
"맛이 어때?"
"너무 맛있어!"라는 대답을 기대하면서요.
그런데 아들의 대답은,
소스가 자기 취향이 아니라나 뭐라나!

맛난 거 한번 해 주려고 모처럼 실력 발휘해봤는데.
전문 돈가스 집 맛이 아니라는 말입니다.
조금은 얄밉지만, 자신 입맛을 솔직히 말할 줄 아는 아들이 감사합니다. 가족과 함께 돈가스를 맛나게 먹는 이 시간이 감사하고 행복합니다.

이 모든 것에 감사합니다.

#엄마표 돈가스 비법(올리브유 중–약 불에 구워줌)
1. 돼지고기는 등심 부위로, 0.5센티 두께로 기계에 살짝 눌러준 고기를 준비합니다.
(후추, 마늘, 소주, 소금 약간 밀간해서 15분 재워둠)
2. 모짜렐라치즈는 덩어리 또는 슬라이스로 고기 사이에 올리고. 가장자리는 달걀 물로 붙임.
3. 우유200ml와 달걀 하나를 섞어 푼 물에 담갔다가 식빵 가루를 꾹꾹 눌러 옷을 입힘.

#엄마표 특제소스
1. 물 700ml에 (머그잔 두 컵) 큰 양파 1개를 다져 넣고 그 물이 500ml가 되게 푹 끓입니다.
2. 1에 하이라이스 1봉지(작은)를 풀어서 넣고 끓입니다.
3. 우스타소스 3 큰 술을 넣어줍니다(맛과 색의 풍미를 위해서).
4. 토마토케첩을 취향에 따라 조금 넣으면 풍미가 깊어집니다.

#엄마표 수프(계속 저어주는 것이 포인트!)
1. 밀가루를 프라이팬이 노릇하게 볶다가 버터를 조금씩 넣어 가며 볶아주면 '루' 완성.
– 루는 쓸 만큼 사용하고, 남은 것은 냉동 보관하면 좋습니다.
2. 우유와 루(밀가루와 버터볶음)를 믹서에 간 후, 끓이면서 수프의 농도로 양을 조절합니다.
– 우유500ml, 루70g(종이컵 4분의3 / 양송이 한 팩을 볶아 넣어주면 양송이스프 됨)
3. 소금으로 간을 맞추고 후추와 바질가루를 조금 뿌려줍니다.

출처 : 엄마표 치즈돈가스

어느 정도의 반대는 오히려 큰 도움이 된다.
연은 순풍이 아니라 역풍이 있어야 하늘로 날아오른다.

– 존 닐 –

10 | 세상에서 가장 고귀한 직업

경남Y시 Y종합복지센터강의를 위해 처음 가보는 고속도로 노선, 문의IC에서 신녕IC까지 억수같이 쏟아지는 빗길을 무사히 다녀와서 감사합니다.

요양복지사님들이 해마다 듣는다는 공공기관 4대 관리지침에 대해 재미있게 풀어드렸더니, 4시간이 언제 지났는지도 모를 정도로 재미있었다는 말씀을 해주셨습니다. 감사합니다.

직업의 귀천은 없다고 했는데, 사실 귀천이 있습니다.
아무나 할 수 없는 요양보호사라는 직업이 세상에서 가장 고귀한 직업이 아니고 무엇입니까.
그녀들과 함께 한 시간에 진정 감사했습니다.

"공공기관 4대 지침교육이라는 딱딱한 제목의 강의인데, 힐링을 받을 줄 몰랐다."
"역시 힐링 전문 강사라 다르십니다!"
"또 기회가 된다면 다시 힐링 강의를 부탁하고 싶습니다."
분에 넘치는 피드백을 주셔서 감사합니다.

강의가 끝나고 먹은 센터 지하 1층 식당 밥도 맛있었습니다.
요양보호사님들이 'Y시 맛집'이라는 농담을 해주셨습니다. 함께 먹을 수 있어서 감사했습니다.

집으로 돌아오는 길, 복지관 옆에 있는 커피숍에서 커피를 마시고 싶었지만, 앞이 보이지 않을 정도로 세차게 내리는 비에 우산도 없어서 막막했습니다.
차량 깜빡이를 켜고 있으니, 커피숍 사장님께서 친절히 커피를 가져다주셨습니다. 너무나 마시고 싶은 커피였습니다.
감사합니다. 향이 좋아 더욱 감사했습니다.

운전하다 잠시 안전한 곳에 차를 세우고 10분간 단잠을 잤습니다.
차 안에서만 들을 수 있는 빗방울 소리를 들을 수 있어서 감사합니다.

대전에는 비가 한 방울도 떨어지지 않았습니다.
빗속 운전에도 무사히 도착하여 감사합니다.
이 모든 것에 감사합니다.

어려운 일을 시작할 때 태도가
그 무엇보다 성패에 큰 영향을 미친다.
- 윌리엄 제임스 -

11 | 아름다운 순간

비가 오는 날이지만, 도서관은 열기로 가득합니다.
비 냄새와 흙냄새에 기분이 상쾌해집니다.

유성도서관 옥상에는 작은 정원이 있습니다.
가끔 올라와서 차를 마시면서 쉬곤 합니다.
도서관 정원의 시원한 바람을 쐬며 소소한 행복을
누릴 수 있음에 감사합니다.

비 냄새가 코끝을 스치는 순간
이 평온한 향기가
첼로 연주곡만큼이나 부드럽게 느껴집니다.

가랑비에 젖은 이름 모를 풀잎과
꽃잎에 대롱대롱 이슬 맺힌 물방울들이
아름다운 순간으로 기억됩니다.

도서관의 쾌적한 공간에서 글을 쓰고 책을 읽는
시간에 감사하며, 이 모든 순간에 감사합니다.

출처 : 유성도서관 옥상에서

사소한 것에
기뻐하도록 우리를 가르치소서.
− 러디어드 키플링 −

12 | 컬러가 주는 메시지

강의가 있는 날, 보통 새벽 4~5시에 일어나곤 합니다. 그러고는 장시간 운전을 하고, 8시간 강의를 끝내고 또 장시간 운전을 해야 합니다. 몸과 마음을 잘 챙겨야만 계속할 수 있는 일입니다.
멀리서 강의 준비하고 오신 교수님을 보니, 제 모습과 다르지 않습니다. 그래서 더더욱 감사합니다.
사랑스럽고, 품격 넘치는 인격까지 고루 갖춘 선배님이시자 교수님이신 박교수님의 달달한 강의를 하루 종일 들을 수 있어서 감사합니다.

색채 심리진단 컬러 성격 유형 분석에 대한 공부를 했습니다.
컬러, 편안하고 더 집중되는 그 무언가가 느껴집니다. 나를 매혹시키기에 충분할 정도였죠. 오늘 정말 새로운 경험을 했습니다.
인디고블루의 감정이 이런 것일까? 나에게 지금 필요한 컬러들.
나의 에너지컬러가 내 성숙함의 깊이를 더해주고 있다는 것을 알게 합니다.
신묘한 컬러의 세계는 내 통찰력을 더 확장할 수 있도록 돕고, 나를 다시 한번 돌아보게 합니다. 지금의 나를 이해하게 해주는 친구나 엄마 같은 존재로 다가옵니다.
오늘 나의 에너지! 컬러가 주는 메시지!
나의 에너지에 따라 느낌을 주는 컬러. 이런 감정들을 느끼고 표현할 수 있는 지금에 감사합니다. 이 모든 것에 감사합니다.

출처 : 지우리조트 주변을 거닐면서

위대한 업적을
이루려면 행동하고 꿈을 꾸어야 한다.
- 아나톨 프랑스 -

13 | 꿈의 날개를 달아주는 것

2년 전, 국군장병들에게 인성에 대한 강의한 적이 있습니다.
오늘은 육군본부에서 군 간부인 장군, 대령, 중령, 소령을 대상으로 소통의 리더십에 관한 강의를 했습니다.

담당 부서 중령님, 픽업까지 해주셔서 계룡대 육군본부 차량등록 없이 편히 다녀왔습니다.
장군님과 책임자 소개까지 해주신 중령님에게 감사합니다.

셀프리더십을 주제로 몇 년 후에는 민간인이 될 군 간부님들의 마음을 열었습니다. 한 번도 생각해보지 않았다면서 나에게 감사하다고 하시니 더 감사합니다.
옆집 아저씨처럼 편히 대해 주시고 긍정적 마인드로 강의에 귀 기울여주신 간부님들 덕분에 강의를 잘 마무리할 수 있었습니다.

시를 쓰면서 시인을 꿈꾸시는 중령님.
시인 등단과 책 쓰기를 도와드리기로 했습니다.
누군가에 꿈에 날개를 달아주는 것은 멋진 일입니다.

이 모든 것에 감사합니다.

출처 : 대천에서

앞으로 한 걸음을
내디딘다면 반드시 다른 것에 영향을 미친다.
− 인디라 간디 −

14 | 나도 잘 쓰고 싶다

비가 와서 기분 좋은 날!
나무도 빗물을 머금어 윤기가 흐릅니다.
커피 한잔과 비를 머금은 상쾌한 공기,
행복 한 모금 마시는 시간입니다.

글을 쓰고 책을 낸다는 것이 쉬운 일은 아니지만
또 어려운 일도 아니라는 것을 알게 된 지 얼마 되지 않았습니다.

게다가 논문을 쓰는 일이 책을 쓰는 일보다 훨씬 더 어렵다는 것
도 알게 되었습니다.
책 두 권의 초고를 진행하면서 느낀 점입니다.

"모든 초고는 쓰레기다!"라고 헤밍웨이가 말 했다지요.
"쓰레기는 쉽게 그냥 쓰면 된다."고 하신 이은대 선생님 말씀도
떠오르지만 지금 쓰는 글들은 전문 서적이기에 컨셉 잡기가 너무
힘이 들었습니다.

나도 잘 쓰고 싶습니다.
매끄럽게, 폼 나게 쓰고 싶습니다.
"늦게라도 쓰자. 한 줄이라도 쓰자."라면서 힘을 내 봅니다.
이 모든 것에 감사합니다.

출처 : 할리스 커피숍에서

과거를 돌아보며
분노하거나 미래를 바라보며 두려워하지 말고
깨어 있는 마음으로 현재를 두루 살펴라

– 제임스 터버 –

15 | 기분이 좋거나, 안 좋거나

여자들이 짧은 시간, 작은 비용으로 기분 좋아지게 하는 방법은
아마도 헤어스타일 바꾸기와 옷 쇼핑하는 일일 겁니다.
2년 만에 헤어스타일을 바꿨습니다. 감사합니다.

나에게 미용실에 가는 날은 정해져 있습니다.
완전 기분이 좋거나, 안 좋거나...
긴 머리를 고수하다 단발머리로 변신했습니다.

헤어스타일을 바꾸니 기분전환이 되고 상쾌합니다. 감사합니다.
앞으로 한동안 이 스타일을 길들이기가 쉽지는 않겠지만
뭔가 기분은 달라졌으니, 감사합니다.

기분전환에 헤어스타일 바꾸기만 한 것이 없다는데
오늘 성공했습니다.
이 모든 것에 감사합니다.

출처 : 증도 엘도라도 리조트에서

빠져나가는
최상의 방법은 뚫고 나가는 것이다.

– 로버트 프로스트 –

16 | 후회는 없다

내 마음 같지 않은 날입니다.

괜한 일을 벌여 애쓰는 내 자신이 안쓰럽기도 하고 약간은 내가 바보 같기도 한, 여러 감정이 교차가 되는 날입니다.

누군가는 왜 이렇게 열심히 하느냐고 건당 얼마나 받느냐고 물어보기도 했습니다. 자이언트북컨설팅 "책 쓰기 과정"이 너무나 유익했기에 좋은 건 나누려고 하는 마음뿐 다른 건 없었습니다.

책을 쓰고 나면 자신의 삶에 조금이라도 긍정적인 영향력이 있을 테니. 우리 박사 동료 선생님들도 함께 책 쓰기를 하면 좋겠다는 마음으로, 내가 쓸 수 있는 에너지를 탈탈 털어서 말하고 전했습니다.

이제 순리에 맡기려했지요. 단 한 사람이라도 내가 느낀 것처럼 책 쓰기 과정을 통해 느끼기를 바라며 마음을 다했기에, 설령 "익산 과정" 개설이 안 되어도 어쩔 수 없다고 마음을 놓고 있을 때 자이언트북컨설팅 '익산 과정'이 개설되었다는 톡이 왔습니다.

박사 선생님들에게도 꿈의 날개가 펼쳐지길 바라며, 내가 책을 쓸 수 있게끔 용기를 주신 이은대 선생님께 조금이라도 은혜를 갚을 수 있어서 감사합니다.

오늘, 이 모든 것에 감사합니다.

출처 : 교보문고에서

동료나 전임자들을
이기려고 애쓸 필요는 없다
자신을 이기려고 노력하라.

– 윌리엄 포크너 –

17 | 맛있고 재밌는 추억

안동에서 영천, 경주를 거치는 것이 올해 휴가 여행 코스입니다.
안동의 맛집, 신선식당에서 냉국수를 먹었습니다.
백종원의 맛집으로 소문이 나서 한참을 기다리다 겨우 자리를 잡았습니다.
맛집은 맛집인가 봅니다. 시원하고 맛있었습니다. 한 그릇에 요즘 보기 어려운 4천 원, 착한 가격이어서 더 감사했습니다.
식당을 나와 오래된 가게 맘모스제과점에 들러서 좋아하는 치즈 크림빵을 샀습니다. 치즈 크림이 너무 부드럽고 맛있었습니다.
자주 못 오는 곳이라 아쉬운 마음에 우선 근처에 있는 국립 백두대간 수목원을 찾았습니다. 덥긴 했지만, 푸른 초원이 내 마음을 시원하게 해주었습니다.
봉화 은어축제장 천변에는 은어를 잡으려는 아이들과 아이들을 챙기는 어른들로 시끌벅적합니다. 저녁이 되자, 가수들의 구성진 노랫가락과 함께 불꽃놀이가 시작되어 가로등도 필요 없을 만큼 한여름 밤을 환하게 밝혀주었습니다.
안동-영천-봉화 코스, 거의 드라이브 수준이었지만 나름 맛있고 재밌는 추억을 남겨준 여행이었습니다.
행복하고 감사한 하루였습니다.

출처 : 성심당 DCC점에서

대부분의 사람들은 자신이
행복하고자 마음먹은 만큼 행복해진다.

- 에이브러햄 링컨 -

18 | 별 보러 가자

별을 보기 위해 국내에서 가장 유명하다는 영천 보현산천문대로 향했습니다. 더운 날에는 무조건 시원한 에어컨 아래 있는 것이 최고라고 생각해왔습니다.

그런데 보현산천문대에 와 보니 에어컨, 선풍기가 필요없네요. 너무나 시원한 바람, 자연의 시원한 바람에 감사합니다.

천문대의 전망대까지 아름다운 숲길에는 그늘이 드리워져있어서 시원한 바람과 함께 들꽃의 소박한 아름다움까지 느낄 수 있었습니다. 덤으로 흘러나오는 클래식 음악의 선율은 예기치 않았던 선물 같았지요. 감사합니다.

천문대에서 카페 "별 담은 호수"로 이동하여 밤이 되기를 기다렸습니다. 커피향이 그윽하고 국산팥을 사용해서 그런지 팥빙수 또한 맛이 깊었습니다.

커피 향이 너무 좋아서 특별한 비법이 있느냐고 물어보았더니 로스팅 하는 법과 숙성하는 기간 때문이라고 합니다.

역시 남다른 비법이 있었습니다.

저녁 먹기는 참 불편했습니다. 팥빙수와 케이크만으로는 허기를 달랠 수 없었지요. 겨우 중국집 하나를 찾아 탕수육과 자장면을 먹고 별이 뜨기만을 기다렸습니다.

드디어 보현산천문대 주변에 별 무리가 바다처럼 펼쳐지기 시작했습니다.

까만 밤, 수없이 많은 별을 바라보았습니다. 아이슬란드의 밤하늘과 다를 게 없었지요. 보석같이 빛나는 별들로 꽉 찬 하늘, 그저 경이롭기만 했습니다.

별자리 이름을 알려주는 앱 덕분에 더 재미있었습니다.

하늘에 폰을 대고 있으면, 바로 별자리 이름을 알려줍니다.

대단한 세상에 감사합니다. 천체동아리 멤버였던 아들의 설명까지 들을 수 있어서 감사합니다.

시간이 조금 지나자 구름이 아름다운 하늘을 덮고 맙니다. 더 이상 깨끗하게 별을 볼 수 없게 되어 아쉬웠습니다. 다음 기회에 다시 오기로 하고는 한동안 흐린 별만 보다 왔지요.

다행히 비는 오지 않아 조금이라도 별을 보긴 했으니 감사했습니다. 오늘, 이 모든 것에 감사합니다.

출처 : 픽사베이 이미지

19 | 타임머신을 타고 한 바퀴

"경주" 하면 석굴암입니다.

석굴암에서는 뭔가 느끼는 특별하고 좋은 에너지가 있습니다.

석굴암 입구에서부터 석굴암까지 맨발로 천천히 걸어보았습니다.

부드러운 흙의 감각과 나무 그늘이 주는 선물까지 감사합니다.

날씨는 흐렸지만 자연 바람이 살랑살랑 불어주어 행복했습니다.

아무 생각 없이 그냥 걷기만 한 여유로움에 감사합니다.

석굴암도 많이 변해 있었습니다.

펜스를 쳐놓아 사람들이 가까이 가지 못하게 해 놓았습니다.

아쉬웠지만 저만치 떨어져서 석굴암의 자태를 바라보고 왔습니다.

우리 모두가 잘 되기를... 염원하고 기도하는 마음으로 바라보았습니다.

저녁은 경주 중앙시장 야시장에서 해결했습니다. 푸드 코너가 7시에 개장이라서 기다려야 했지만 맛있는 음식을 골라서 먹을 수 있고 재미와 볼거리까지 제공해 주어 감사합니다.

밤에는 야경이 매력적인 천년고도의 연못 안압지 주위를 천천히 걸었습니다. 연꽃이 참 곱게도 피어 있었습니다. 폰으로 사진을 찍으면서 즐겁게 놀았습니다.

아름다운 안압지 야경을 사진으로 남길 수 있어서 감사합니다.

경주에 오면 마음이 푸근합니다. 게다가 마치 타임머신을 타고 옛 서라벌 땅을 한 바퀴 돈 것 같은 느낌이 들어 감사합니다.

딴 세상에 온 듯 모든 것에 감사합니다.

출처 : 휴가 때, 경주 안압지에서

먼저 웃고 먼저 사랑하고
먼저 감사하자 나의 삶은 진주처럼 영롱한
한편의 시가 될 것입니다.

- 이해인 수녀 -

20 | 바다 너머를 바라보며

보문단지 호수를 걸으면서 시원한 바람이 주는 평온함에 감사합니다. 아침 늦게까지 자고 느긋하게 아침 겸 점심을 먹기로 합니다. 90년이나 되었다는 "함양집"이라는 식당에 밥을 먹으러 왔는데 이미 40팀이나 기다리고 있었습니다.

기다릴 가치가 있을까 하는 생각도 들었지만
아이들이 시간도 넉넉하니 기다리자고 합니다.
한 시간 이상 기다린 덕분에 우리는 맛있는 점심을 맛보았습니다.

마지막 일정은 경주 양남 바닷가 주상절리입니다.
기둥 모양의 바위 절벽이란 뜻입니다.
시원한 바닷바람을 원 없이 즐겼습니다.
먼바다를 마냥 바라보며 내 마음이 마음껏 쉬도록 내버려 두었습니다.

전망대 부근에 부는 바람은 참으로 시원했습니다.
푸르고 건강한 자연에 감사합니다.

모처럼 가족과 함께 한 시간에 감사하며,
이 모든 것에 감사합니다.

출처 : 양남 바닷가 주상절리를 바라보면서

감사하는 삶의 가치를 찾아 떠나는
일 년 열두 달의 감사여행
평범하던 일상이 나날이 아름다워진다.

- 김영체 -

21 | 힘들었던 것들이 다 사라지다

사회 활성화 프로그램의 일환으로 "독거노인 친구 만들기" 집단 프로그램을 진행하게 되었습니다. 우울한 노인 분 여덟 명씩 다섯 집단이 참여하는 프로그램으로 이번 집단에 실제로 자살을 기도한 분도 있었기 준비에 만전을 기했습니다.

"어항 꾸미기" 과정을 준비하기 위해 고생을 좀 했습니다.
5팀의 수업이 각각 달라 구피를 사서 집에 하루 두었다 강의를 갔습니다. 그 사이 구피가 새끼를 낳는 바람에 얼떨결에 구피를 키우게 된 것에 감사합니다.
수초의 생물 상태를 유지하기 위해 수족관까지 몇 번이나 다녀왔습니다. 어항과 물고기 밥, 색돌, 수초 등 준비하는 시간은 수업 시간보다 몇 시간이 더 들어가 고생을 좀 했지만 혼자 사시는 어르신들을 생각하면 즐겁기만 했습니다.
어르신들이 아침에 일어나서 어항 속에 있는 귀여운 구피를 보면서 행복해하실 모습을 떠올리면서 신나게 준비했습니다.

기대대로 완성된 귀여운 구피 어항을 보고 너무 좋아하셨습니다.
어항을 꾸미면서 예쁘다면서 소녀처럼 즐거워하는 모습에
준비하면서 힘들었던 것들이 다 사라졌습니다. 감사합니다.
오늘 이 시간 모든 것에 감사합니다.

출처 : 수업시간에 만든 어항

우리의 삶이 곧 역경이 될 수 있다는 점을 잘 안다.
몸이 망가지고 악기 줄이 끊어지며, 자녀를 비극적으로 잃고,
직장에서 불공평하게 쫓겨 날 수 있는 것이 삶이다.
이러한 일들은 대부분 받아들이기가 힘들다.
하지만 감사는 이러한 혼돈 속에서 의미와 일종의
자족을 찾는데 도움이 된다.

- 제니스 캐플런 -

22 | 오늘도 삶을 배우다

연일 더운 날씨에 어르신들의 얼굴이 발갛게 달아올랐습니다.
수업을 빠졌다가 다시 나오신 어르신의 모습에 감사합니다.

우울 증상이 있는 분들이시라 말로는 행복하다고 하면서도
표정 변화가 없는 분들이 많습니다.
웃는 얼굴을 만들어 드리고 싶지만 과연 가능할까 하고 궁리하는
시간이 감사합니다.

인터넷 신문에 이번 "독거노인 친구 만들기" 프로그램 기사가 실
렸습니다.

첫 번째 집단 어르신들의 성향은 조금 무거우면서 고집도 있습니다.
타인과는 일체 교류를 하지 않는 특별한 분도 계십니다.

그러다가 처음으로 활짝 웃는 얼굴로 소녀처럼 수줍어하면서 내
손을 잡고 감사하다고 하시는 어르신의 반응에는 놀랍고도 감사
합니다.

회기가 더해지면서 시간이 지나면서 어르신들 많은 분이 마음이
밝아지고 좋아져서 감사합니다.
오늘도 삶을 배웁니다. 감사합니다.

출처 : 커피숍에서

하늘을 날거나 물 위를 걷는 것이 기적이 아니라,
우리가 땅을 딛고 걷는 것이 기적이다.

- 중국속담 -

23 | 본질에 충실하자

우리는 살아가면서 꽤 많은 일을 반복하여 행동합니다.
감사일기도 그런 반복 행동 중의 하나입니다.
개인적인 일을 보느라 하루 종일 바빠서
단 5분의 여유도 허락지 않을 때가 있습니다.

감사일기를 밴드에 먼저 쓰고 블로그와 카카오스토리 순서로 글
을 옮깁니다.
요 며칠 감사일기를 모아 올리면서
'이래도 되나?' 하는 생각을 해보았습니다.

하지만, 곧 큰 문제는 아니라는 생각을 합니다.
감사일기를 세상에 오픈하는 것이 중요한 것이 아니라
감사일기를 쓰고 있다는 것 자체가 중요하기 때문입니다.

주객이 전도되지 않도록 본질에 충실하기로 합니다.
삶에 감사한 마음을 가지고 감사일기를 쓴다는 것
자체가 중요합니다.
이 모든 것에 감사합니다.

출처 : 거제 들녘, 추수를 앞둔 논을 바라보면서

감사의 능력을 믿고 감사하라.

- 감사십계명, -

24 | 가끔은 아포가토에 샷 추가

비가 늦은 시간까지 계속해서 내립니다. 마치 내 마음 같습니다.
9월이면 학교수업과 논문 그리고 강의 때문에 무척 바빠질 텐데
일이 손에 잡히질 않았습니다.
하루 종일 같은 작업을 하다 보니 많이 지쳤나 봅니다.
내 가슴에 구멍이 뚫린 걸 알아채기라도 한 걸까요? 비는 계속 내
립니다.

한숨을 쉬며 우울해하는 엄마를 보고 딸이 하는 말
"엄마가 좋아하는 아포가토를 쏠게."
엄마를 생각하는 딸의 마음이 감사합니다.

우리의 아지트 1호 "하린카페"에서 최고의 아포가토를 맛봅니다.
아이스크림 한 입, 에스프레소 한 모금 덕분에 금세 기분전환이
되었습니다.

딸에게 감사합니다.
가끔 나에게 주는 선물, 아포가토에 샷 추가입니다.
이 모든 것에 감사합니다.

출처 : 하린카페에서

자신의 기운을 북돋우는 가장 좋은 방법은
다른 사람의 기운을 북돋워 주는 것이다.

- 마크 트레인 -

25 | 행동과 실천이 답

전과를 결심하고 시험을 준비하는 아이에게,
원하는 일들을 해내기를 응원하며 배웅합니다.

"행동과 실천이 답"이라는 "고 정주영 회장"의 어록처럼.
아들도 직접 프로젝트를 하나하나 배우며 개발하고
또 결과를 경험하면서 새로운 길을 선택했습니다.

직접 실행해 본 경험을 통해 배우는 것.
우리는 언제나 배움을 통해 경험을 쌓아가지요.
좋은 정보와 경험의 스토리를 함께 해준 분들께 감사합니다.

모든 것에 감사드립니다.

출처 : 어린왕자 벽화에서

우리에게 절실한 것은 지금까지
전혀 존재하지 않았던 것을 꿈꿀 수 있는 사람들이다.

- 존F. 케네디 -

26 | 덕분에 황톳길 어싱

마음 잘 통하는 박 강사님과 식사 후 잠시 바람을 쐬었습니다.
몇 년 전, 박 강사님 처음 만난 날 기억이 선합니다.

화통하고 소탈한 멋진 강사님과
가끔 소통하며 지낼 수 있어서 감사합니다.

함께 길을 걸었습니다.
맑은 공기와 초록으로 물든 자연의 느낌이 좋았는지,
신발을 벗어들고 걷기 시작한 그녀
어쩜 하는 짓도 나랑 그리도 비슷한지...
나도 신발을 벗고 같이 걸었습니다.

황톳길에서 함께 맨발 "어싱"을 했습니다.
빗물에 조금 미끄러웠지만
오랜만에 "어싱"을 할 수 있어서 감사합니다.

감사합니다!
고맙습니다!

출처 : 집 앞 황톳길을 걸으면서

진정한 우정은 친구가 많고 적음이 아니라
그 깊이와 소중함으로 판단할 수 있다.

- 벤 존슨 -

27 | 팥빙수 잘 드시니 감사

한 상무님과 인절미 팥빙수를 나눠 먹으니 더욱더 맛있었습니다.
얼마나 시원했던지 한기까지 느껴졌습니다.

사고 여파로 신장투석을 하는 한상무님.
신장투석 때문에 못 드시는 음식이 많다고 했는데
팥빙수는 잘 드시니 다행입니다.

집에 돌아와서 오랜만에 요리 솜씨를 발휘해봤습니다.
잡채를 넣은 간장 찜닭입니다.
굴 소스를 넣었더니 맛이 예술입니다.
역시 음식은 조미료 맛입니다.
맛있다고 하면서 맛있게 먹는 가족들에게 감사합니다.

오늘 하루 여러모로 시간 소비를 많이 했습니다.
그래서 글쓰기에 시간 투자를 조금 더 하기로 합니다.
이 모든 것에 감사합니다.

출처 : 거제 몽돌해변 앞 카페에서

그들에게 위로받으려 하기보다
그들을 위로하게 하소서 그들에게 이해받기보다
그들을 이해하게 하소서
- 아시시의 성 프란체스코 -

28 | 세상에 당당히 나서길

"독거노인 친구 만들기" 프로그램 과정의 마무리로 그동안 함께
한 도반들에게 정성스레 만든 꽃다발을 선물할 수 있으니 감사합
니다. 자기가 만든 것이 더 좋다며 줬다 바꾸시는 깜찍한 어르신
들도 있었습니다.

무더웠던 올여름, 어르신들과 함께 호흡한 시간이 참으로 감사합
니다. 그동안의 여정이 고스란히 담긴 영상을 보자 숙연해지면서
눈물이 핑 돌았습니다. 뿌듯하면서도 섭섭하다는 어르신들 정들
자 이별이라는 말씀을 하셨습니다. 감사합니다.

늘 표정이 어둡고 말씀이 없던 한 어르신께서 손수 사 오신 꽃다
발을 나에게 선물하셨습니다. 생각지도 않았던 선물에 너무나 감
동했습니다. 감사합니다.

당신들을 무한히 응원하며 지금처럼 건강하시기를. 세상에 당당
히 나서서 연륜이 주는 멋으로 살아가시기를. 자신의 마음은 그
누구 것도 아닌 내 것인데 남편도 자녀도 가족도 없는 혼자만 있
는 공간에서 오롯한 시간을 잘 살아내시라는 염원으로 면역 기초
만드는 법을 알려드리며 아쉬운 시간을 마무리하니 감사합니다.

어르신들께서 너무 즐겁고 행복한 시간이었다면서 해주신 말씀들.
"여기저기 안 아픈 데 없지만, 여기 나오니까 아픈 것도 모르겠
더라!" "수업 시간만큼은 몸이 아프지 않더라!"

어르신들께 감사합니다. 많이 웃고 늘 건강하게 지내시길 소망합
니다. 모든 것에 감사합니다.

출처 : 코스모스 꽃, 덕유산 백련사 앞에서

그 무엇보다 되돌려 놓고 새롭게 하고, 회복시키고
구제해야 할 것은 사람이다.
그 누구도 함부로 외면하지 말아야 한다.

– 오드리 햅번 –

29 | 살아있어서 감사

운전 중 비가 억수같이 쏟아졌습니다.

옆 차선에서 달리는 타이탄 트럭이 뿌리는 물세례에 순간 앞이 하나도 보이지 않았습니다.

생명의 위협까지 느낄 정도였지만 무사해서 감사합니다.

또 태풍에 큰 피해가 없어서 감사합니다.

한 달에 한 번 모이는 모임.

오늘은 회원이 운영하는 동학사 입구에 자리한 베스트필드 글램핑장에서 모임이 있었습니다. 모임에 묵은지 찜을 해서 갔는데 회원들이 맛있다면서 "사 온 거 아니냐?"고 합니다. 맛있게 먹어주니 고마웠습니다. 묵은지가 맛있으니 찜도 맛이 있는 것 같습니다. 맛있는 김장김치가 1년 내내 행복하게 만들어줍니다. 감사합니다. 다른 회원들도 각자 맛있는 음식을 조금씩 준비해왔습니다. 뷔페처럼 여러 가지 음식을 먹을 수 있어서 좋았습니다.

베스트필드 대표님께서 자리도 마련도 해주셨고 캠프파이어도 준비해주셨습니다. 회원님들 덕분에 오랜만에 장작불 지피는 낭만과 군고구마 맛도 볼 수 있었지요. 감사드립니다.

언제 비가 왔는지 싶을 정도의 폭풍 소나기도 지나고 생명의 위협도 낭만도 함께 했던 변화무쌍한 하루였지만 안전하게 귀가한 것에 감사합니다. 이 모든 것에 감사합니다.

출처 : 베스트필드 글램핑장에서

다른 사람과 함께 식사를 하는 것은
결코 소홀히 해서는 안 될 친교 활동이다.

- M. F. K. 피셔 -

30 | 숲을 느끼다

오랜만에 전직 동료들과 모임을 가졌습니다.
여름이 다 지나서야 숲속 계곡을 걸어보았네요.
맑은 공기, 계곡의 투명한 물소리가 상쾌했습니다.

연노랑 색, 작은 나비 한 마리가 나풀거리며 내 앞에서 잠시 머무
네요. 엄마 산소에서 보았던 그 작은 노랑나비를 닮았습니다.
잠시나마 엄마 얼굴을 그릴 수 있어서 감사합니다.

식당에서 중국에서 온 어린 여자아이가 음식 서빙을 하는데 왠지
안쓰러워 보였습니다.
부모에게 한창 사랑받을 나이 같아서 더욱 그랬지요.
음식을 먹고 나오면서 손에 지폐 한 장 살짝 쥐어주고 나왔습니다.
먼 땅에 와서도 꿋꿋하고 건강하게 살아가도록
돈도 잘 벌고 상처받지 말기를 기도합니다.

잠시였지만, 동료들 덕분에
모처럼 숲속의 시원한 공기 한 모금을 마셔보는 여유에 감사합니다.
이 모든 것에 감사합니다.

출처 : 길을 걷다가 너무 예뻐서

다른 사람이 행복하기를 바란다면 자비를 행하라.
자신이 행복하기 바란다면 자비를 행하라.

– 제14대 달라이 라마 –

秋

가로등 불빛 사이로 보이는 노랗고 붉은 단풍,

이제 가을입니다.

가을이 빨갛게 물들었습니다.

내 마음도 예쁘게 물들었습니다.

PART 03

Autumn
: 가을

01 | 이 모든 것을 누릴 수 있다는 것

날씨가 서늘해졌습니다.
밤의 상쾌한 공기가 감사합니다.
오랜만에 갑천변을 걸었습니다.
자연에 고마움을 새삼 느꼈습니다.

바람도 적당히 기분 좋게 불었습니다.
길가의 은행나무 연초록 잎에서 빛이 납니다.

자연과 함께 숨쉬고 바라볼 수 있어서 감사하고
자연을 느낄 수 있음에 감사합니다.
걸을 수 있는 두 다리가 있어 감사합니다.

이 모든 것을 누릴 수 있다는 것에 감사합니다.

출처 : 갑천변 저녁, 산책 하면서

우리는 너무 쉽게
얻는 것을 너무 가볍게 취급한다.

− 토머스 페인 −

02 | 몸 다치지 않아 감사

아로마테라피 자격증 과정을 준비하게 되어 감사합니다.

자연스러운 인연으로 여러 수강생들이 모였습니다.

서울에서 쌍둥이를 유치원에 보내고 짬을 내어 오신 선생님을 비롯하여 대전, 금산, 부산에서 아로마에 관심을 가진 선생님들과 함께 할 수 있게 되어서 감사합니다.

앞으로 이 분들에게는 자신의 캐리어를 쌓을 수 있는 귀한 시간이 될 것입니다. 빛이 나는 선생님들의 눈동자를 보고 힘이 났습니다. 더욱더 열심히 공부하고 가르쳐야겠다는 마음뿐입니다. 감사합니다.

수업을 마치고 한 분을 모셔다드리러 가다가 교차로에서 접촉사고가 났습니다. 우회전하던 중이었습니다.

좌회전하는 차가 언제 들어왔는지 결국 사고가 나고 말았습니다.

조금 놀라긴 했지만 아무도 다치지 않아 감사합니다.

덕분에 앞으로 우회전할 때 더욱 조심하게 될 것 같습니다.

'좋은 일이 생기려고 스파크가 난 건 아닐까?'

라고 생각하니 감사합니다.

큰 사고도 아니었고 몸을 다치지 않아 다행입니다.

한의원에 들러 물리치료를 받았습니다.

시간이 좀 걸리긴 했지만 덕분에 푹 쉴 수 있어서 좋았습니다.

목뼈를 한두 번 문지른 뒤 "뚜둑 뚜둑" 소리나는 추나요법 치료를 받고 집으로 돌아와 또 쉬었습니다.

교통사고로 병원을 가보니 일단 자동차사고가 나면, 겉으로 다친 데가 없어도 무조건 입원하는 사람들을 이제야 이해할 수 있게 되었습니다. 친구가 권유해서 들었던 보험에서 생각지도 않았던 보험금도 나온다고 합니다. 이 모든 것에 감사합니다.

출처 : 아로마테라피 인사이트카드심리상담코칭 수업에서

이 세상에서 가장 위험한 것은 모든 것을 바꿀 수 없으면
아무것도 바꾸려 하지 않는 사람들이다.
- 낸시 애스터 -

03 | 우리의 삶이 보이다

이번 학기부터 대학병원 정신의학과 폐쇄병동에서 인턴수업을 받습니다. 나이와 상황이 다 다른 입원환자들을 직접 만나, 임상현장에서 공부할 수 있으니 감사합니다.

병동에는 의과대 본과생, 간호학과 학부생, 우리 같은 보건학 예술치료전공 박사들까지 공부하는 선생님들이 많습니다.

첫날이라, 음악치료와 미술치료 진행을 참관만 하기로 하고 프로그램을 관찰했습니다. 음악감상을 하다 코끝이 빨개진 환자분이 울먹입니다.

곡선별을 신중하게 그리고 내담자들의 변수와 상황파악을 잘해야겠습니다. 환자들을 보면서 우리들의 삶이 보였습니다. 숙연해집니다.

어떤 아픔과 일들이 있었기에 지금 이 상황을 겪고 있을까요.
우울, 조울, 자폐, 틱, 망상, 환청, 조현, 성폭력, 치매 등 다양한 증세로 입원해 있습니다. 참으로 감사하게 살아야겠습니다.
나눌 수 있다면, 최대한 나누고 살아야 한다는 마음입니다.
지난 학기 정신보건센터 수업 때 함께 했던 분이 환자복을 입은 채 함박웃음으로 "선생님!" 하고 인사를 합니다.
어찌나 반가워하던지 반갑고, 감사했습니다.
수업 두 번 나오고 안 나와서 궁금했었는데 여기서 만나다니요.
이 모든 것에 감사합니다.

출처 : 어린왕자 벽화에서

내가 가진 것을 내주는 것은 조그만 베풂이다.
나를 헌신하는 것은 진정한 베풂이다.

- 칼릴 지브란 -

04 | 지금의 여유에 감사

이번 추석 명절연휴는 길어서 좋습니다.
아이들 키울 때를 생각해 보면 지금 여유에 감사가 절로 나옵니다.
연휴동안에도 여러 가지 준비로 마음이 바쁩니다.

시험준비, 기업체 색채심리진단 강의준비, 향기를 통한 힐링 강의
준비, 논문계획서 향기서적 초고 2차정리, 아로마자격증 2차 수업
준비 등, 시간을 쪼개고 또 쪼개서 써야 합니다.

아이들이 장을 봐주고 가사를 도와주어 쉴 수 있었음에 감사합니다.
추석음식은 간소화하기로 하고 늦은 시간까지 가족들과 시간을
보냈습니다.
영화도 보고 맥주도 한잔하면서 수다를 떨어봅니다.

이 모든 것에 감사합니다.

출처 : 도안동 천변길에서

어느 항로를 향해 방향키를
돌려야 하는지 모른다면 그 어떤 바람도
도움이 되지 않는다.

− 세네카 −

05 | 하루에 한 줄이라도

감사일기를 쓴 지 천이백 일이 되어갑니다.
습관이 되었지만, 더러 하루 미루기도 했습니다.
웬만하면 당일에 쓰려고 노력하는 나 자신에게 감사합니다.
이틀 지나면 '그날 뭐 했더라!' 하고 기억이 안 날 때가 많습니다.
감사일기를 쓰지 않았더라면, 기억을 빨리 잃으면서 살아갔을겁
니다.

숨을 쉴 수 있는 것, 바라볼 수 있는 것, 걷고 뛰며 움직이는 것,
말할 수 있는 것, 만질 수 있는 것, 느낄 수 있는 것,
들을 수 있는 것들이 당연한 줄로만 알았습니다.

감사일기를 시작하지 않았더라면, 하루하루의 기록이 남아있지
않겠지요. 이 당연하다고만 생각하고 살았던 것들에 대해 감사함
을 알 수도 없었을 것입니다.
사람은 대부분 긍정적으로 이기적인 존재가 아닌가 합니다.
하고픈 것도 욕심도 많은 이기적인 존재 말입니다. 이런 이기적인
내가 감사일기를 쓰기 시작한 것이, 내 인생에서 얼마나 잘한 것
인지 다시 한번 생각해봅니다. 감사합니다.
감사일기를 중도에 포기하지 않고 지금까지 써오면서
내 영혼에 위로가 된 것에 너무나 감사하게 생각합니다.
이 모든 것에 감사합니다.

출처 : 카페에서 글을 쓰면서

나는 내가 할 수 있다고 생각하는 것을 기준으로
나를 판단하는 반면에
다른 사람들은 내가 한 행적을 기준으로 나를 판단한다.

– 헨리 워즈워스 롱펠로우 –

06 | 세상 모든 사람이 다 아픈 것 같다

병원에 오니 세상 모든 사람이 다 아픈 것 같습니다.
환자들이 모두 빨리 쾌유하시기를 빌고 또 빌었습니다.
정신과 병동의 아침회진에서부터 병동을 나갈 때까지
긴장의 연속입니다.

환자들과는 임상실습으로 소통합니다.
종이접기를 유난히도 잘하는 분.
표현력이 남다른 분.
가녀린 모습을 하신 분 등등.
모두 힘을 내고 빨리 치유되어 일상생활을 하시기를 기도합니다.

내일 있는 학기시험으로 벌써부터 긴장이 됩니다.
최선을 다하면서 힘을 내 봅니다.

이 모든 것에 감사합니다.

출처 : 라스베거스의 호숫가에서

기적을 소망하라.

그러나 기적에 의존하지는 마라.

– 탈무드 –

07 | 엄마에게 하고 싶은 말

이번 학기 시험을 치른 후, 다리가 후들거려 계단에서 주저앉아 버렸습니다. 시험에 대한 긴장감이 아직 덜 풀렸던 모양입니다. 계단에서 구르지 않아 감사합니다.

사진치료 수업시간에 자신을 상징하는 사진 한 장씩 선택했습니다. 나는 보랏빛 라벤더 사진을 선택했습니다. 지평선처럼 보이는 보랏빛 라벤더 밭이 나에게는 엄마를 뜻했기 때문입니다. 사진을 선택한 이유는 무엇인지 묻고 대답하는 시간을 가졌습니다. 교수님께서 "'엄마' 하면 뭐가 떠올라요?" 하고 물으셨지요. 그냥 그리움이라는 그 느낌만 떠올랐습니다.

엄마가 언제 돌아가셨냐는 물음에, 14살 때 엄마랑 헤어졌는데 2년 후 엄마소식을 들었다고 말하다가 갑자기 눈시울이 뜨거워졌습니다. 창피한 줄도 모르고 눈물, 콧물 다 흘리며 펑펑 울었습니다. 언젠가부터 엄마를 생각해도 눈물 한 방울도 나지 않았던 내가요.

"엄마에게 하고 싶은 말이 있다면?"이라는 물음에
"너무 보고 싶고, 안아보고 싶고, 너무너무 사랑한다!"고 했습니다.

사진치료는 한순간에 훅 내 마음으로 들어와서 나의 기억들과 느낌, 내 감정의 기저를 보여주었습니다. 짧은 시간에 내 감정이 너덜너덜해졌지만 감사한 시간이었습니다.

내 마음속에 자리한 큰 구멍이 안쓰러웠지만 잠시라도 엄마를 느껴볼 수 있어서 감사한 시간이었습니다.

이 모든 것에 감사합니다.

출처 : 픽사베이 이미지

사람들이 웃는다고 삶의 진지함이 사라지는 게
아닌 것과 마찬가지로,
죽는다고 인생의 즐거움이 끝나는 게 아니다.

- 조지 버나드쇼 -

08 | 이 멋진 사람과 함께여서

외국계 회계법인 "신입사원 연수프로그램" 컬러로 성격유형을 알아보는 "CPTI색채심리진단" 강의를 했습니다.

퇴근시간에 맞물려 사람들을 비집고 다닌 데다 캐리어까지 끌고 가느라 지하철 몇 정거장이 안 되는 곳인데도 시간이 꽤 지난 다음 약속장소에 도착했습니다.

이틀 연이은 서울강의와 짐으로 가득 채워진 캐리어를 끌고 다니느라 몸은 지쳤지만, 마음만은 행복해서 감사했습니다.

강의가 끝나고, 멘토같고 친구같은 박 소장님을 거의 1년 만에 만났습니다. 이 멋진 여자랑 오랜만에 만나 소통하는 시간에 감사합니다.

언제나 서로를 응원하고
또 배우고 나누며 한 단계 한 단계 성장하려 노력합니다.
잠도 마다하고, 새벽까지 배우고, 나누고, 힐링하는 감사한 시간을 가졌습니다.

이 모든 것에 감사합니다.

출처 : 남이섬에서

세상에서 가장 지혜로운 사람은 배우는 사람
세상에서 가장 행복한 사람은 감사할 줄 아는 사람.

− 탈무드 −

09 | 감사가 사람을 세운다

교육장 입구에 "김채연 강사님, 환영합니다!"라는 문구가 플래카드에 적혀 있어 감동했습니다.

강의가 끝난 후에는 꽃다발까지 준비해주셔서 더더욱 감사했습니다. 또한 강의에 참여해주시고, 모두 재미있게 강의를 들어주셔서 감사했습니다.

강의가 끝나고 나서도 지하철 플랫폼까지 가방을 들어주시고 또 지하철이 도착하니, "강사님, 가방 무거운데 조심해서 가십시오!"라는 인사까지 해주셨습니다.

지하철 안에서 책임자분과 비서 여직원을 떠올렸습니다.

함께 걸어오는 길에 그녀에게 이런 질문을 한 적이 있습니다.

"바쁘실 텐데 어떻게 이렇게까지 해 주십니까?" 했더니

"나이도 있는 저를 뽑아주신 것이 감사해서 알아서 일을 해요. 퇴근시간 따로 없어요. 어떻게 하면 일을 도울 수 있을지, 하나라도 더 생각해서 일을 하게 됩니다."라고 답했지요.

책임자분은 식사 중에 이런 말을 했습니다.

"회사가 참 감사해요. 지난 23년간 워킹맘으로서 성장할 수 있었던 내 일에 대해 감사하며 살아왔습니다."

역시 두 분의 삶에는 감사가 있었습니다.

'감사가 사람을 세우는구나.'라는 생각이 절로 들었습니다.

여직원은 감사해서 일을 찾아서 하는 삶의 중심에 감사가 있었고,

본부장님은 자신의 일에 대한 감사함, 회사에 대해 감사함으로
꽉 차있었습니다.
삶의 중심에 감사, 23년간 감사함에 대한 결과의 소중한 경험을
들을 수 있는 감사한 하루였습니다. 이 모든 것에 감사합니다.

출처 : 아로마테라피 힐링강의를 하면서

갖고 있는 것에 감사하세요.
그러면 결국 더 많이 갖게 될 거에요. 만약 갖고 있진 않는 것에
집중하게 되면 당신은 절대 평생 충분히 갖지 못할 거예요.
- 오프라윈프리 -

10 | 배워서 남 주자

멀리서 오신 우리 선생님들. 감사합니다.
아로마 수업은 언제나 눈 깜짝할 사이에 지나갑니다.
아로마테라피 자격과정수업을 신나게 강의했습니다.
"배워서 남 주자"라는 말을 실감케 한 날이었습니다.

김밥, 구운 계란 등 간식을 나누고, 수업할 수 있어서 감사합니다.
먹으려고 가져온 비타민 영양제까지 나눠주시는 선생님.
고마운 선생님들 덕분에 내가 아는 것을 나누려고 더 열심히 강의
했습니다. 감사합니다.

한 분 한 분, 자신의 목표에 맞춰 성장해 나가는 모습을 그리며 흐
뭇해했습니다. 강의가 끝난 후, 꼭 한번 가보자고 벼르던 대전
"한밭수목원"을 찾아 산책했습니다.

사랑하는 우리 선생님들과 청국장을 곁들인 저녁을 맛있게 먹고,
유성 족욕탕에 발을 담근 채 잔잔한 음악을 들으면서 오붓한 시
간도 보냈습니다. 서로를 토닥여주며 힐링 할 수 있어서 감사했
습니다.
일주일을 어떻게 보냈는지 모르게 바빴지만 열심히 일한 나에게
감사하며, 이 모든 것에 감사합니다.

출처: "향기를 통한 오감힐링" 강의 때 만든 향수

기회란 강력하다.
항상 낚시 바늘을 던져두어라. 전혀 기대하지 않았던
물구덩이에서 물고기가 낚일테니.

– 오비드 –

11 | 이렇게 예쁜 노을은 처음

긴장했던 논문수업, 많은 것을 배울 수 있어서 감사합니다.
지도교수님의 예리하고 시원한 피드백은 언제나 멋집니다.

드디어 그동안 읽고 정리하고 고뇌한 논문의 방향.
무엇을 어떻게 해결해야 할지에 대한 결과가 나왔습니다.
내가 원하는 결과에 조금 더 가까워져서 감사합니다.

이틀 동안 수업을 마치고 집으로 돌아오는 길,
하늘이 붉게 물들어 참으로 장관입니다.
자연이 주는 경이로운 선물에 감사합니다.

이렇게 예쁜 노을은 처음 봅니다.
아름다운 저녁노을을 바라볼 수 있어서 감사합니다.

집으로 무사히 잘 도착해서 감사하며,
이 모든 것에 감사합니다.

출처 : DCC앞 신호를 기다리면서

자연은 언제나 영혼의 색을 입는다.

- 랠프 월도 에머슨(Ralph Waldo Emerson) -

12 | 화초들도 간지럽고 시원해서 좋겠지

하루 온종일 비는 내리고.
커피숍에서 글과 논문을 정리했습니다. 감사한 하루였습니다.

구피가 또 새끼를 낳았습니다.
엘레강스는 작고 가녀린 하얀 꽃을 날마다 피웁니다.
밤이면 꽃이 지고, 아침이면 피고.
날마다 꽃을 피워주니 감사합니다.

작은 제라늄도 꽃을 피웠습니다.
빨간 꽃 세 송이나.
우리 집에 와서 두 번째 주는 꽃이라서 더 감사합니다.

바람 부는 가을날
'화초들은 간지럽고 시원해서 좋겠지.'
'비 오는 가을날도 좋아하겠지.' 라는 생각을 해보았습니다.

비가 와서인지 기분이 차분해집니다.
비 오는 창가를 바라보는 소소한 즐거움
로맨틱한 하루에 감사합니다.

출처 : 픽사베이 이미지

우리는 자신이 가진 보물을
마음깊이 의식하는 순간 비로소 살아 있다고
의식할 수 있다.

− 손턴 와일드(Thomton Wilder) −

13 | 다섯 여자들의 5년 뒤

오늘 이 시간이 모여서 내일의 자신이 됩니다.
다섯 여자의 5년 뒤가 기대됩니다.

나는 아로마힐링강의로 세바시 출연, 아로마대학 만들기
최 선생님, 김 선생님은 아로마협회강사와 아로마샵 운영,
김 선생님, 양 선생님은 자연치료전공 석사, 박사과정입학을 꿈꾸
었습니다.

우리 모두의 성장을 응원합니다.
우리는 아름다운 시간들을 보냈고,
5년 뒤 자신의 모습에 대해 얘기했습니다.

영국출장으로 시차적응도 안 됐는데도 수업에 참가하신 김 선생
님, 쌍둥이 애기들 유치원 등원시키고 서울에서 오신 양 선생님,
금산에서 오는 길이라며 대전역에서 두 분을 픽업해 오신 고마운
김 선생님. 바쁜 일정 바꿔가며 수업에 참석하신 최 선생님.

조금씩 양보하고 배려한 덕분에 이번 수업과정이 마무리가 되었
습니다. 이 모든 것에 감사합니다.

출처 : 어린왕자 벽화에서

사람들이 시간이 모든 것을
바꾸어 준다고 말하지만, 실제로는 당신 자신이
모든 것을 바꾸어야 한다.

— 앤디 워홀 —

14 | 거침없이 세계여행을 다니는 아이들처럼

서울에서 진행하는 강의를 듣기 위해 새벽부터 바빴습니다.
서울역에서 강의 장소까지 가까워서 감사하고 지하철 한 번으로
이동하니 감사했습니다. 협회 선생님들과 같이 다니니 지루할 겨
를이 없어서 좋았습니다.
내려오는 차표 미리 예매 안했더니 주말이라 입석도 밤 10시 30
분에나 있답니다. 10시 30분표를 끊고도 6시 기차를 그냥 탔습니
다. 검표직원이 역에 도착해서 취소하고 다시 표를 끊자고 합니
다. 입석이지만 배려에 감사했습니다.

외국인 여학생 둘이 열차바닥에 앉아있습니다.
부산까지 간다고 합니다. 내가 할 수 있는 일은 하나. 대전에 도착
할 즈음 간이의자가 비어 한명을 거기에 앉혔습니다.
반대편에 자리가 나서 또 한 명을 또 앉게 했습니다. 자리가 생겨
서 감사합니다. 딸 같은 외국 아이들에게 내가 할 수 있는 배려였
습니다. 앞으로도 두 시간을 더 가야 하니까요.
내 고향이 부산인지라 해운대 바다와 광안리야경, 자갈치시장과
태종대 등등 꼭 가봐야 할 곳으로 알려줄 수 있었습니다.
아이들이 메모하며 고개를 끄덕입니다. 독일에서 교환학생으로 와
서, 전 세계를 여행한다고 합니다. 너무 대단하고 멋져보였습니다.
아르바이트해서 번 돈으로 30개국이나 가봤다고 하는 멋지고 당
찬 22살 여자아이들. 두 시간을 서서 갈 아이들을 위해, 역에 도

착하면 일어났다가 다시 앉아서 가라고 잘 잡고 서 있으라고 했는데, '잘 갔겠지.' 하고 아이들을 떠올려봅니다.

거침없이 세계여행을 다니는 아이들처럼, 나도 거침없이 하나씩 이루어나가리라고 마음먹습니다.
이 모든 것에 감사합니다.

출처 : 동유럽 여행에서

자아란 이미 완성된 것이 아니라
끊임없는 행위의 선택을 통해 지속적으로 만들어지는 것이다.
- 존 듀이 -

15 | 용기를 냈다는 것

이번 학기 원우회장을 맡으면서 처음부터 기획한 프로그램.
2학기 종강 후 재학생, 선배님들 교수님들을 모시고 힐링캠프를
하기로 했습니다. 논문 중간발표를 앞두고도 '어떻게 놀지?' 하는
생각만 하였습니다.
노래를 좋아하시는 지도교수님께
"기타 가져오시면 안 돼요?"라고 했더니,
"가져갈게요!" 하십니다.
선생님들께 "와우! 교수님 기타 가져오신답니다." 라고 하니,
쑥스러우신지 "가져오라니까 가져가는 거지!" 라고 대답하시는 교
수님이 감사합니다.

정작 예술치료를 한다는 우리에게 힐링이 필요합니다.
선배님들과 교수님들께서 참석하시기로 하시니 더 감사합니다.
수업이 끝나고 이어지는 인생 상담시간은 언제나 행복한 시간입
니다. 우리들의 사랑, 전 교수님과 함께 한 시간이 감사합니다.

조심스레 자신의 얘기를 터놓은 선생님과 얘기를 나눴습니다.
"자신에게 가까이 다가온 사람도 외면하고 마음마저 닫았다고 하면
서 왜 나한테 잘해주는 건가하는 의문까지 가졌다고" 합니다.
순수하게 받아들이면 되고 겁먹지 않아도 된다는 것. 지금부터라
도 마음을 열어보겠노라고 말하는 선생님이 감사합니다.

우리는 누구나 저마다의 아픔과 각자의 환경이 있습니다.
누군가를 인정하고 수용한다는 것도 그 사람을 알아차림의 순간
이지요. 이웃을, 자신을 보듬어주고 다독이는 순간이 나를 또 성장
케 합니다. 감사의 순간입니다. 지금이라도 시작하면 되는 것을
알고 용기를 냈다는 것에 감사합니다. 자신을 돌보고 치유를 시
작한 선생님, 감사합니다.
이 모든 것에 감사합니다.

출처 : 베트남 무이네 해변, 리조트 앞 일출을 바라보면서

당신이 태어났을 때 당신은 울고,
세상은 기뻐했다. 당신이 죽을 때는 세상은 울고
당신은 웃을 수 있는 삶을 살아야 한다.

- 화이트 엘크 -

16 | 내 마음도 빨갛게 물들다

어스름한 저녁나절, 산책하면서 딸의 속마음을 듣게 되어 감사합니다. 어릴 때부터 속 한 번 썩인 적 없었고, 전액 장학금을 받고 대학과 대학원에 다녔으며 무엇 하나 나무랄 데 없이 똑소리 났던 딸.
정작 자신의 꿈은 없었습니다. 교사가 되고 싶은 마음이 없었던 거지요. 대학원 졸업을 한 25살 겨울에야, 가수가 되고 싶다는 속마음을 털어놓았었습니다.

1년 동안 취미가 아닌 직업으로 할 보컬연습, 발성연습, 댄스연습을 하면서 쉽지 않다는 것을 피부로 느낀 후 2월부터 교사임용고시 공부를 하겠다고 마음은 먹었지만, 쉽게 마음을 잡지 못한 딸은 두 달 동안 밥 먹는 것 외에는 방에서 나오지를 않았습니다.
내 마음 또한 다 타버린 재가 되고 있었지요.
이렇게 영영 칩거생활만 하게 되면 어쩌나 하고 말입니다.

좀처럼 밖으로 나오지 않던 딸과 산책했습니다.
딸과 대화하며 같이 걷다보니 무어라 말할 수 없는 감동이 가슴에 벅차올라서 감사했습니다.
'알아서 하겠지!' 하면서도 늘 조바심이 났습니다.
마음속에서 별의별 생각이 나서 마구 딸에게 모진 말을 퍼붓기도 했고, 달래기도 하고 화도 냈다가 칭찬도 했다가…

답도 없는 혼자만의 싸움을 참 많이도 했었지요.

지금 와서 생각해보니 시간이 지나니 다 해결되는 것을... 내 새끼 잘못될까 봐 발을 동동 굴렸습니다. 엄마라서 그랬습니다.

가로등 불빛사이로 보이는 노랗고 붉은 단풍,

이제 가을입니다. 가을이 빨갛게 물들었습니다. 내 마음도 예쁘게 물들었습니다. 딸이랑 같이 걸어 행복합니다. 이렇게 예쁘게 살기를. 이 모든 것에 감사합니다.

출처 : 대전 한밭수목원, 가을밤에 딸과 산책하면서

적극적으로 행동한다고 모든 문제가 해결되는 것은 아니지만,
최소한 애쓴 보람이 있도록 해 줄 수는 있다.

- 험 올브라이트 -

17 | 오남매가 밥 한 끼 같이 먹다

아버지 제사입니다.
창원까지 3시간이나 차를 몰아야 하기에 내심 수업이 좀 빨리 끝나기를 바랐습니다. 내 마음을 아시기라도 하는지 조금 일찍 수업을 마쳐주신 교수님께 감사합니다.
익산에서 창원까지 초행길이라 신경이 쓰였습니다.
어제 학교에 오다가 타이어가 펑크나서 애먹었다는 교수님 말씀이 생각나서 타이어 점검부터 했습니다. 교수님, 감사합니다.

아버지 덕분에 우리 오 남매가 함께 모여 웃고 떠들며 밥 한 끼 먹을 수 있었습니다. 부모님은 돌아가셔서도 자식들에게 선물을 주시는 것 같습니다. 감사합니다.
피곤해서 내일 출발할까 하다가 제사 준비하느라 힘들었을 남동생 내외 푹 쉬라고 집으로 향했습니다. 차에 기름이 거의 떨어진 줄도 모르고 출발했다가 고생을 했습니다.
밤이라 어두운데다 길도 잘 몰라서 주유소를 찾을 수 없었습니다.
영산IC에서 자동차 보험회사와 통화를 하여 다행히 위기상황에 대처했습니다. 감사합니다.

칠흑같이 깜깜한 밤 고속도로를 3시간 달린다는 것.
조용해서 좋기도 하지만 조금 무섭다는 생각도 들었습니다.
내가 늙어가나 하는 생각도 들고, 심야운전이 위험하다는 생각도 들었습니다. 다음엔 그러지 말아야겠다고 생각합니다.
지친 하루, 집으로 무사히 도착하여 감사합니다.
부모님을 생각할 수 있는 오늘이 감사했습니다.
이 모든 것에 감사합니다.

출처: 밥을 먹으면서

쓰러지는 것보다 중요한 것은 다시 일어서는 것이다.
- 빈스 롬바르디 -

18 | 착한 친구들에게 감사

오랜만에 친구들과 뭉쳤습니다.
힐링을 핑계로 서해안 쪽으로 향했습니다.
지금, 이 순간을 느낄 수 있어서 감사합니다.

좌판에서 아주머니가 엿을 팔고 있었습니다.
조금 걸어가니 나이가 조금 더 들어 보이는 아주머니가
또 엿을 팔고 있었습니다. 관광지에서 흔히 보는 풍경입니다.
오늘따라 사람이 거의 없어 한산하기까지 했습니다.

채석강을 한 바퀴 돌고 돌아오는 길 친구들이 눈빛을 교환하며 양
쪽 좌판에서 두 팩씩 엿을 샀습니다.

착한 친구, 우리 모두에게 감사합니다.
아무데서나 사도되겠지만 굳이 양쪽 좌판에서 엿을 나누어 사는
것은 장사가 안 되는 아주머니들에게 마음이 담긴 우리들의 작은
배려입니다.

모처럼 친구들과 맛있는 음식을 먹고 힐링하는 시간을 가지게 되
어 행복했습니다.
이 모든 것에 감사합니다.

출처 : 크로아티아 플리트비체 호수에서

좋은 아이디어를 얻는
가장 좋은 방법의 많은 아이디어를
생각하는 것이다.

− 라이너스 폴링 −

·19 | 우리 둘째, 크면 얼마나 예쁠까!

인생에서 부정적인 그 무엇과 직면하는 사진치료 수업시간에 생각해 보았습니다. 내 인생을 통 들어보면 14살에 세상에서 가장 큰 일을 겪었습니다.

어린 시절 엄마는 나에게, "우리 둘째, 크면 얼마나 예쁠까!"라는 말을 자주 하곤 했습니다. 5월 5일 어린이날, 엄마가 짐을 싸고 있었습니다. 어디 가냐고 물었지만, 엄마는 아무데도 안 간다고 했습니다. 하지만 어린 나의 직감에도 엄마가 곧 떠날 것 같아 졸졸 따라다녔었지요.

그렇게 엄마를 찾았지만 눈앞에서 엄마를 놓치고 말았습니다. 그리고는 엄마 얼굴을 영영 다시 보지 못했습니다. 엄마와 생이별을 하고도 곧 엄마가 올 거라는 믿음과 엄마를 만날 수 있을 거라는 생각만으로 살았는데. 그 꿈은 깨져버리고 말았습니다.

사진치료 수업 때, 말풍선으로나마 엄마에게 하고 싶은 말을 하고 나니까 속이 시원해졌습니다. 조금은.

엄마도 처음이라 엄마노릇 하기에 서툴렀겠지요.

'엄마, 사랑해! 엄마도 이제 편히 쉬었음 좋겠어! 우리 이 다음에 꼭 만나!' 천천히 말을 꺼내면서 엄마를 보내드렸습니다.

엄마와 나를 사진 치료 수업으로 다루어서 너무 감사했습니다.

이 모든 것에 감사합니다.

출처 : 나의 아지트1호 하린카페에서 화병과 등

인격은 편안하고 고요한 환경에서 성장되지 않는다.
시행착오와 고통을 통해서만
영혼이 강해지고 패기가 생기면 성공할 수 있다.

– 헬렌 켈러 –

20 | 떠나는 것

협회의 아로마페어 행사를 위해 제주도로 떠났습니다.
어디론가 떠난다는 것은 새로운 에너지를 충전하는 것과 같습니다.
떠난다는 것은 언제나 진리입니다.
여행이라도 가는 것처럼 살짝 설렙니다. 마음을 들뜨게 하는 이런 기분, 참 오랜만에 느껴봅니다. 감사합니다.

하늘 구름은 누군가 그려놓은 수채화 같고, 하늘이 바다, 바다가 하늘이 됩니다. 아름다운 순간을 느끼고 바라볼 수 있어서 행복합니다.

만사 제쳐놓고 날 잡아 가족들과 함께 와야겠습니다.
가족들이 얼마나 좋아할지 상상만 해도 기분이 좋아집니다.

제주도에 와서도 마음 놓고 관광할 수 없습니다.
일정 끝나면, 논문 IRB심사 통과를 위한 서류작성에 시간을 보내야 합니다.

아쉽지만 집중해서 빨리 마무리하자라는 생각뿐입니다.
이 모든 것에 감사합니다.

출처 : 제주 함덕해변에서

네 자신이야말로
세상의 그 누구 못지않게 네 사랑과 애정을
받을 자격이 있다.

- 부처 -

21 | 제니퍼, 카렌 그리고 데비

숙소를 잘못 잡는 바람에 오가는데 시간이 꽤 걸렸지만 잘 도착했습니다. 아로마테라피스트 "제니퍼"와 "카렌" 그리고 "데비"까지 만날 수 있었습니다. 감사합니다.
〈아로마테라피 인사이트 카드〉의 저자인 제니퍼는 협회에서 자주 만나 워크숍도 했지만 카렌과 데비와의 만남은 처음입니다.
아로마테라피 인사이트 카드를 그린 영적인 화가 카렌의 스토리가 너무 궁금했는데 드디어 만나게 되어 기대가 큽니다.

아로마연구소를 30년 간 운영한 데비의 메디컬 이야기를 직접 들어보았습니다. 나의 영감, 생각을 키워주는 행복한 시간, 이 공간에 있다는 그 자체에 감사합니다.
아로마 관계자들과 아로마에 관심 있는 분들이 200여 명 이상 참석한 국내 1회 아로마 페어가 성황리에 마무리되었습니다. 저자가 뽑은 행운의 당첨자들 4명 중에 내가 포함되었습니다.
15분 동안 제니퍼, 카렌과 직접 대화하는 기회가 주어져 감사했습니다. 숙소에 도착하여 시원한 맥주 캔 하나를 마시며 이틀간의 시간을 정리해 보았습니다. 이런저런 이유로 이번 행사를 참석하기 힘들었지만 다 제쳐두고 오기를 참 잘했습니다.
이 모든 것에 감사합니다.

출처 : "진저" 인사이트카드, 제 1회 아로마페어 행사에서

단지 조금밖에 할 수 없다는 이유로
아무것도 하지 않은
사람이야말로 가장 큰 실수를 저지른 사람이다.

– 에드먼드 버크 –

22 | 나에게 주는 선물 같은 하루

제주행사를 모두 마치고 수고한 나에게 주는 선물로
오롯한 시간을 보내기로 했습니다.
역시 혼자만의 여행이 힐링의 깊이를 더해주는 것 같습니다.

"제주" 하면 다시 꼭 찾고 싶은 곳 함덕해변입니다. 바다와 하늘
이 맞닿은 아름다운 곳 파란 하늘, 옥빛 바다, 파도소리, 바다냄
새, 갈대의 흔들림, 얼굴을 감싸고 스쳐가는 잔바람, 어느 것 하나
놓치지 않고 고스란히 마음에 담아둡니다.
그저 행복합니다. 이 행복함에 감사합니다. 살아있어서 행복하고
이 아름다운 공간과 함께 할 수 있어서 감사합니다.

대학원 친구가 마침 함덕해변 근처에 와 있었습니다.
친구를 만나 수다를 떨다보니 시간가는 줄 모르게 하루가 지나버
렸습니다.
한 곳에만 앉아있다 보니 자동차를 렌트한 의미는 없었지만
서로 힘들었던 이야기를 나눌 수 있어서 좋았습니다.
사람들에게 저마다의 아픈 스토리가 있습니다.

어쩌면 삶의 실타래를 푸는 것이 우리가 이 지구에 온 이유일지도
모릅니다. 얽히고설킨 실타래를 다 풀고 나면 이제 그다음 단계로
성장하는 것이 과제나 숙제처럼 말입니다.

해변에서 친구와 이야기하다보니, 어느새 밥시간이 지났습니다.
늦은 시간에도 밥을 먹여 보내려는 친구의 따뜻한 배려와 고마운
마음을 잊을 수가 없습니다.
고맙고 예쁜 친구여서 더 감사합니다.
내 수고를 보상해주는 선물과도 같은 하루에 감사하며
이 모든 것에 감사합니다.

출처 : 제주 함덕해변에서

자신의 마음이
움직이는 대로 행동하고 원하는 일을 한다면
일과 놀이의 구분이 사라진다.

- 삭티 거웨인 -

23 | 공짜

IRB심사서류를 준비하느라 과로한 것 같습니다.
몸살감기가 와서 9시간 수업을 도저히 버틸 수 없을 것 같았습니다.
마침 학생회관 매점이모가 2층 건강센터에서 약을 지어준다는 걸
알려주었습니다. 게다가 무료라고 합니다.

따뜻한 국물과 초밥을 주문했습니다.
입맛을 잃어 아무 맛도 나지 않았지만 약을 먹어야 하니 꾸역꾸역
삼키듯 먹었습니다. 약은 물론 진료비도 무료였습니다.
큰 혜택을 받은 느낌입니다. 감사합니다.

대학마다 건강센터가 있다는 걸 처음 알았습니다.
약을 먹으니 통증은 가셨지만
약 기운 때문에 마치 공중에 붕 떠 있는 것처럼 멍해졌습니다.
점심 약은 먹지 않기로 했습니다.
오후에 운전해야 하는데 위험할 것 같아서입니다.
제주에서 만난 친구가 병원에서 링거를 맞고 3시간 후, 집으로 가
다 대형사고로 이어져 타고 있던 차를 폐차시킬 정도였다고 했지
요. 다행히 몸은 크게 안 다쳤다고 한 말이 생각났습니다.
덤벙대는 편인 나는 더 조심해야 한다는 생각이 들었습니다.
덕분에 졸음운전 없이 집에 무사히 도착했습니다. 감사합니다.
이 모든 것에 감사합니다.

출처 : 제주 GD카페 "몽상드애월" 앞에서

친구는 내 안에 존재하는
하나의 세상 그들이 내게 옴으로써 비로소
존재할 수 있었던 세상을 상징한다.

- 아나이스 닌 -

24 | 작전 대성공

향기힐링을 싫어하는 사람이 없어서 감사합니다.
짧은 시간이었지만 향기를 좋아하고 즐겨주시는 이용자님들, 사회
복지사님들 도움 덕분에 A시 장애인복지관 이용자 힐링강의에 참
가인원이 많아 걱정했지만 잘 마무리되었습니다. 감사합니다.

지난 날, 저녁에 산책한 뒤로
007 작전이라도 하는 양 문밖을 나오지 않는 딸!
어젯밤에 밖으로 데리고 나오는 작전에 성공했습니다.
"강의 한 시간 끝나고 맛있는 밥 먹고 커피 마시자 응?"
이런 엄마 말 들어주어 감사합니다.

오랜만에 딸내미와 맛있는 점심도 먹고
산정호수 주변을 산책하는 시간이 행복했습니다.
산정호수는 처음입니다.
예쁜 카페도 많고 경치도 좋았습니다.
호숫가를 걸으면서 딸이 웃는 모습을 보고 너무나 기뻤습니다.

강의를 마치고 주변에서 예쁜 곳과 예쁜 길은
덤으로 얻는 소소한 행복입니다.
이 모든 것에 감사합니다.

출처 : 빵과 커피, 제주 함덕해변 델문도카페에서

아무것도 바라지 않는 것이
얼마나 큰 즐거움인지
우리는 미처 생각하지 못한다.

— 세네카 —

25 | 따뜻한 마음이 전해지다

딸이 조용히 공부할 수 있는 오피스텔을 알아보았습니다.
필요했던 작은 책상과 의자를 그냥 주신다니 감사합니다.

탁자 위에 작은 포인세티아 화분이 놓여있습니다.
따뜻한 마음이 전해졌습니다.

책장과 책들을 옮기고 방을 정리하면서 이런 생각을 해봅니다.
'누군가에게 배려한다는 것은 그 사람 마음이 따뜻하기 때문이
리라.'

나는 늘 함께 나누는 삶을 추구해왔습니다.
세상이 무서우니 어쩌니 해도 아직 따뜻하고 살만한 세상입니다.

그런 세상을 내가 만들고 우리가 만들면
세상은 지금보다 더 따뜻해질 것이라고 생각합니다.
이 모든 것에 감사합니다.

출처 : 픽사베이 이미지

친절은 아무리 빨리 베풀어도 지나침이 없다.
친절을 베풀기에 너무 늦은 때가
얼마나 빨리 올지 아무도 알 수 없기 때문이다.

– 랠프 월도 에머슨 –

26 | 세상에는 공짜가 없다

여성 독거노인의 우울증에 관한 논문을 쓰기로 했습니다.
하지만 대상자 선정이 쉽지 않았습니다.
대전 근교 요양원과 복지관 수십 군데를 며칠간 수소문했지만
연결이 잘 되지 않았습니다.

요양원이나 주간 보호센터에는 치매를 가진 어르신들이 90퍼센트 이상입니다. 작년에 A노인기관에 무료강의를 한 인연으로 센터장님을 통해 요양원 사무장님을 소개받았습니다. 감사합니다.

하지만 치매를 가진 어르신들이 대부분이라 감사하게도 복지관 한 곳을 또 소개해 주셨습니다.
어르신들께서 무료식사를 하시기 위해 나오시는 복지관이었습니다.
복지관 부장님이 흔쾌히 승낙해주셔서 논문대상자를 구할 수 있었습니다. 감사합니다.

인연에 감사했습니다.
세상에는 공짜가 없다는 말이 새삼 실감이 납니다.
또 노력해서 안 될 일은 없다는 것도 말입니다.

이 모든 것에 감사합니다.

출처 : 디퓨저발향, 아로마 강의를 하면서

위기에 처했을 때 인품 있는 사람은 스스로 이를 극복한다.
그는 스스로 행동을 결정하고,
그 책임을 지며, 그것을 자신의 것으로 만든다.

- 샤를 드 골 -

27 | 좀 쉬다 해유!

10년 만에 온 가족이 출동하여 배추농장에서 김장을 하게 되어 감사합니다. 공주 의당면에서 배추농사를 지으며 자전거 휴게소를 운영하시는 진창이네에서 김장김치를 담아왔습니다.
직접 수확한 배추를 절이고 씻어서 물까지 빼놓은 배추, 빛깔 좋은 고춧가루에 양념까지 준비해 놓았습니다.
그대로 버무리기만 하면 됩니다.
그냥 담아도 맛이 있겠지만 10년 만에 담그는 김치인지라 나만의 비법 진한 양념 한 통을 준비해 갔습니다. 명태대가리를 넣고 끓인 물에 단호박을 삶아서 섞은 것입니다.

한 시간쯤 지났을까, "좀 쉬다 해유!" 하십니다.
생각지도 않았던 토종닭을 가마솥에서 푹 삶아 내놓으시고는
"양념도 필요한 만큼 더 추가하세유! 걱정마유!" 하십니다.
인심 좋은 사장님, 감사합니다.
인정 넘치는 사장님은 동네에 혼자 사시는 어르신들께 드린다고 내가 버무리던 양념에다 남은 배추를 몽땅 양념에 버무려서 박스에 담았습니다. 사장님을 도와 같이 김치를 버무리며 사장님의 마음에 감동하며 또 감사함을 느꼈습니다.
어떻게 김치를 담그는 일을 하시게 되었는지 여쭈어보니
배추만 키워 팔아봐야 인건비도 안 나와서 김치 담그는 일을 하게 되었답니다.

너무 고마워서 2통 값을 더 송금해 드렸습니다. 따뜻한 마음을 가진 사장님이 오래오래 이 일을 할 수 있도록 돈을 좀 많이 버시면 좋겠습니다. 그 덕에 우리도 매년 편하게 김장하러 오게 말입니다. 이 모든 것에 감사합니다.

출처 : 진창이네에서 김장을 담그면서

자신이 받은 것으로 영예를 누린 사람은 없다.
영예는 남에게 준 것에 대한 보상이다.

- 캘빈 쿨리지 -

28 | 멍 때리다가

멍 때리고 있다가 기막힌 아이디어가 떠올라서 감사합니다.
실수로 커피 잔에서 커피가 쏟아졌지만
컴퓨터가 무사하니 너무너무 감사합니다.

주변만 정리하면 되도록 절묘하게 쏟아진 커피 덕분에,
생각지도 않았던 청소를 하게 되어 감사합니다.

행정서류는 참 복잡하지만
일을 하면서 몰랐던 것들을 알게 되어 감사입니다.

행정 서류를 하나씩 처리해나가다가
문득 같은 일을 하는 다른 사람을 도와줄 수 있을 것 같다는 생각
을 해봅니다.

겁 없이 일하는 나 자신이 감사합니다.
이 모든 것에 감사합니다.

출처 : 장태산 자연휴양림 주차장에서

한동안 앉아 사색에 잠기는 것을 절대로 두려워하지 마라.

- 로레인 핸스버리 -

29 | 늦은 밤 데이트

아들과 둘만의 공부방 데이트를 했습니다.
앞으로 머신러닝 분야의 전문가가 되기 위해 대학원 입학을 결심
한 사연과 앞으로의 계획을 놓고 대화하면서 아들의 속마음을 들
을 수 있는 감사한 시간이었습니다.

교수님의 연구실에서 프로젝트를 하면서 논문을 쓰고 있는 아들과
내가 연구하는 논문에 대해 서로 논의할 수 있어서 감사합니다.

아들은 대학교 1학년을 마치고 군 입대를 한 후 학교를 그만둔다
고 선언했었습니다. 인생은 속도보다 방향이 우선이라면서 자신
의 생각을 모아 창업하기로 결심했었지요.

전역 후, 휴학하면서 1년 동안 고민하더니 전과를 결심하면서부
터 자신의 인생항로가 어느 정도 구체화된 것 같습니다.

새벽 한 시를 넘기면서 아들과 함께 공부하는 시간이
참으로 달고 감사한 일입니다.

단단하게 성장한 아들이 감사합니다.
이 모든 것에 감사합니다.

출처 : 경기도 어느 예쁜 카페 입구에서

생애 주어진 모든 날들이 알찬 삶이되기를.

- 조나단 스위프트 -

30 | 서로의 인생을 잠시 바라보다

학기의 마지막 수업을 위해 아침 일찍 학교로 향했습니다.
한 학기를 떠올리면서 대학교 병동으로 가는 길, 차가 막혀 서 있기를 10여분 곧 길이 뚫려 감사했습니다. 폐쇄병동이라 지각하면 들어갈 수 없어서 시간을 철저히 엄수해야합니다.
다행히 여유있게 도착하여 감사합니다.
병원도 면접이다 뭐다해서 연말엔 엄청 바쁜 모양입니다.
덕분에 우리에게 한 시간의 여유가 생겼습니다.
폐쇄병동 내에서 여유 있게 차 한잔하기는 처음이라
살짝 긴장이 되기도 했습니다.

오늘은 마지막 세션이라 분위기가 사뭇 다릅니다. 폐쇄병동을 알아갈 즈음에 끝나는 것 같지만 시원함이 느껴지는 건 왜일까요.
환자들의 이야기가 가슴에 많이 남아 마음이 힘든 학기였습니다.
오늘따라 환자가 많습니다.
휠체어를 타신 어르신께서 마지막까지 열심히 하시는 모습에 감동했습니다. 환자와 의과대학인턴, 간호학부생들까지 서로의 인생을 잠시 바라보는 시간 소통하는 시간이었습니다.
감사한 일입니다.
논문수업을 끝으로 이번 학기 수업이 다 끝났습니다.
감사한 시간이었습니다.

출처 : 광안대교 야경, 일본여행을 떠나며 배에서

사랑받는 이들 중에서 불쌍한 사람이 있는가?

- 오스카 와일드 -

冬

언제나 내 고향 부산이 그립습니다.
다른 지역에 가서도 부산이라는 글자가 쓰인
표지판만 봐도 설렘니다.
그리운 내 고향이 부산이어서 감사합니다.

PART 04

Winter

: 겨울

01 | 인생을 되돌아보는 시간

공무원연수원에서 2, 30년 근무한 장기근속자들에게 아로마힐링 강의를 하게 되었습니다.
"향기있는 아로마문화산업"이라는 제목으로 향기를 통한 오감힐링과 함께 스스로 삶을 돌아보게 하는 의미있는 프로그램입니다.

기관의 배려 덕분에 4시간이라는 여유가 있었기에
이번 강의가 충분한 힐링이 될 수 있었습니다.

퇴직을 마주한 분들이 자신의 인생을 되돌아보는 시간이었는데
교육생들의 적극적인 참여로 잘 진행되어 감사합니다.

또한 협회 강사님들 세 분이 열심히 도와주신 덕분에
편안하게 강의 할 수 있었습니다. 감사합니다.

특히 함께 한 교육생들이 향기를 너무 좋아해 주셔서 감사했습니다.
앞으로 제2의 인생을 준비하시는 데 조금이라도 도움이 되었기를
바랍니다.

이 모든 것에 감사합니다.

출처 : 라스베거스 강가에서

늘 실천하고자 하는 결심이 있다.
그것은 사소한 것들에
굴복 당하지 않으리라는 것이다.
- 존 버로스 -

02 | 수고했어! 올 한해도

A시 장애인복지관에서 "올 한해도 수고했어!"라는 제목으로
전 직원 역량 강화 워크숍을, 향기를 통한 힐링 프로그램으로 진
행하게 되어 감사합니다.
담당 팀장님의 배려와 친절함 그리고 따뜻한 커피 또한 감사합
니다.

1년 365일 우리는 앞만 보고 달리느라 바쁩니다.
가족을 위해 직장을 위해 바쁘게 일하지만 정작 자신을 돌보지 못
하는 것 같습니다.
치료사나 직업재활사, 사회복지사 같은 누군가에게 도움과 배려
를 건네는 세상의 디딤돌 같은 역할을 하는 분들이기에 힐링은 더
욱더 필요합니다.

그런 분들로 구성되어 있는 직원들에게
아로마힐링강의로 조금이나마 다가섬에 감사합니다.
향기 프로그램을 좋아하시고 더욱 힐링하는
시간이 되었다고 하시니 감사했습니다.
수고한 우리 모두에게 감사합니다.

출처 : 픽사베이 이미지

보다 잘게 나누면 그 어떤 일도 결코 힘들지 않다.

– 헨리 포드 –

03 | 힐링 워크숍 첫날

대학원을 졸업하고 나면 각자의 삶에 따라 흩어지기에 전통을 만들어 매 학기마다 선후배와 교수님을 만나는 장을 만들기 위해 기획한 워크숍입니다.

마트, 떡집, 파티용품점, 현수막집에 이어 커피숍에서 케이크를 찾으니 어느새 1시간 반이라는 시간이 훌쩍 지났습니다. 대전에서 학교수련원까지 1시간 50분 거리, 멀지만 창밖 풍경에 힐링이 되어 감사합니다.

돌발 상황으로 약속한 시간을 잊고 시외에 있다는 파티용품집 사장님, "캡스" 출동으로 문을 따고 들어가 물건 챙기는 바람에 조금 늦게 출발했지만 시간 내에 도착할 수 있어서 감사했습니다.

엘리베이터가 없는 수련원, 짐 옮기느라 우리 선생님들이 힘들었지만 서로서로 도와주셔서 감사합니다. 맛있는 자연산 회, 수육, 묵은지찜 등 음식을 통한 힐링을 준비했습니다.

나만의 향수 만들기, 향기 힐링과 함께 재미있는 가발과 의상을 준비한 레크레이션으로 모두가 많이 웃을 수 있도록 웃음 힐링도 준비했습니다.

1년 웃을 것 하루에 다 웃었다며 너무나 즐거워해 주신 교수님과 선배님들 감사합니다. 마음이 열려 있는 지도교수님 덕분에 더 행복하게 웃을 수 있었습니다.

포장된 엘비스 프레슬리 가발을 개봉해 보니 엉망이었습니다. 우리가 코디한 대로 교수님은 반짝이 옷에 엘비스 가발을 썼지요. 우리 모두 서로의 모습에 웃다가 배가 아파 죽을 뻔했었습니다. 큰 웃음을 주신 지도교수님 덕분에 감사했습니다. 힐링 워크숍을 기획하고 향기강의, 레크레이션, 미니운동회를 모두 진행하다 보니 몸이 열 개라도 부족할 만큼 바빴지만 재미있고 행복했습니다.
자신의 일처럼 도와주신 선생님들, 너무너무 감사했습니다.

출처 : 픽사베이 이미지

꾸밈없는 진실은 사람들을 웃게 만든다.
- 카를 라이너 -

04 | 힐링 워크숍 둘째 날!

겨우 2시간 남짓 눈을 붙였다 일어나 아침을 황태국을 몰래 준비했는데 너무 맛있다고 극찬까지 해주며 두 그릇 드시는 선배님들과 대학원동기 선생님들 덕분에 다음에도 내가 아침밥을 맡기로 했습니다. 감사합니다.

남은 음식을 나누어 박스에 담았습니다.
친정엄마가 딸들한테 싸주는 느낌으로 나눌 수 있어 감사합니다.
음식점에서 바지락 죽을 마무리로 힐링 워크숍을 마쳤습니다.
밥만 먹고 헤어지기가 아쉬워 수련원 주변 커피숍을 찾아
줄지어 선 선후배 차량이 카퍼레이드라도 하듯이 앞차를 따랐습니다. 네비게이션을 보고도 두 바퀴 돌다 말았지요.
웃으면서 그만 헤어지자고 인사를 하고 다음을 기약했습니다.
재미있었습니다.

한 학기 맡는 원우회장이지만 처음으로 기획하고 준비한 행사였습니다. 귀찮음을 마다 않고 도와주신 선생님들 덕분에 잘 마무리되었습니다.
온몸이 쑤시고 아파오지만 너무 즐거웠고 행복합니다.
이 모든 것에 감사합니다.

출처 : 픽사베이 이미지

즐거워서 웃는 때가 있지만,
웃기 때문에 즐거워지는 때도 있다.

- 틱 낫 한 -

05 | 만만치 않았던 작업

논문에 사용할 설문지 사전조사를 하는 날입니다.

조사 대상자들에게 드릴 작은 선물을 안고 출발했습니다.

힐링 워크숍 때문에 몸살이 심했지만 복지관에서 어르신들을 기다리며 준비물을 점검해봅니다.

적십자 봉사하시는 분들을 미리 섭외한 덕분에 우여곡절 끝에 많은 분들의 설문지를 작성할 수 있어서 감사합니다.

글이 잘 안 보이는 분들을 위해 직접 마이크로 설문지를 읽어주며 설문을 도왔습니다. 설문대상자들이 문항을 읽는 속도 등 개인차가 있어서 힘든 작업이 될 것임을 짐작은 했었지만, 참으로 만만치 않은 작업이었습니다.

어르신들께 준비한 생강차와 커피를 대접해 드렸습니다. 몸살로 고생하는 내가 안쓰러웠는지 생강차 한잔을 건네시는 어르신, 그 마음이 너무나 감사했습니다.

기꺼이 설문을 허락해주신 복지관 부장님의 배려에 감사합니다.

적십자 봉사자분들 또한 너무나 감사합니다. 준비한 커피 쿠폰을 선물로 드렸지만 도와주신 것에 비하면 너무 작아 죄송하기만 합니다. 너무나 힘들고 지치는 하루였지만 도와주신 여러분들 덕분에 가능한 일이었습니다.

1박 2일 워크숍 일정 끝내고 바로 시작한 작업 온몸이 몽둥이로 맞은 것처럼 아픕니다. 애쓴 나에게 애썼다고 토닥여주고 싶은 날입니다. 이 모든 것에 감사합니다.

출처 : 공주 풍류다방에서

누구나 놀라운 잠재력을 갖고 있다.
자신의 능력과 젊음을 믿어라. 그리고 끊임없이 자신에게
말하라. "모두 다 내 하기 나름이야"라고

– 앙드레 지드 –

06 | 어느새 술친구

내일이 크리스마스입니다.
집으로 돌아오는 아들을 위해 터미널로 마중 나갔는데
아들이 탄 버스가 바로 도착합니다. 감사합니다.

아들과 함께 수산물시장에서 싱싱한 해산물을 구입했습니다.
짐을 들어주는 아들이 감사합니다.

파티가 시작되었습니다.
새우튀김에 해산물 찜을 안주 삼아 맥주 한잔하니 감사합니다.
아이들이 어느새 훌쩍 커서 내 술친구가 되어줍니다.
이 모든 것에 감사합니다.

출처 : 수제맥주가게에서

우정은 함께 나누고 함께
공유함으로써 성공을 더 빛나게 하고,
고난은 더 가볍게 덜어 준다.

- 키케로 -

07 | 따뜻한 커피 한잔

친구들과 덕유산을 찾았습니다. 언제와도 항상 좋은 곳입니다.
입구에서 4km 정도인 백련사까지만 걸어도 시간이 꽤 걸립니다.

나 같은 초보들에게 딱 좋은 평지 코스입니다.
계곡을 끼고 걸을 수 있는 덕유산국립공원, 도심에서 가깝게 멀지
않은 곳에 위치하여 감사합니다.

길이 완만해서 산책하기 좋습니다.
영하 3도로 날씨는 꽤 차지만 공기가 너무 좋아 감사합니다.
자연에 대한 고마움을 새삼 느낍니다.

시원한 공기 계곡물 소리
깨끗한 고드름까지 따먹으며 산길을 걸었습니다.

산행을 마치고 마시는 따뜻한 커피 한잔이 너무나 감사합니다.
숯불구이와 과메기 쌈에 피로를 다 날려버리고
친구들과 오래도록 이야기를 나누었습니다.
이 모든 것에 감사합니다.

출처 : 진주 "오후의홍차"에서 홍차 한잔하면서

따뜻한 말 한마디가 삼 개월의 추위를 녹인다.

- 일본 속담 -

08 | 말없이 걷노라면

오전 일찍 다시 덕유산 길을 걸었습니다.
날씨는 조금 더 추워졌지만
햇살이 따뜻해서 걷기에 좋아 감사합니다.

물소리를 들으면서 걸으면 마음이 참 편안해집니다.
고요히 걸으면 잡념도 없어집니다.
호흡에 집중하고 풍경만 바라보면서 걸으니 더욱 편안해집니다.

물 흐르는 소리
맑은 계곡을 보고 있노라니 마음까지 맑아집니다.

공기 좋은 숲길을 걸을 수 있고
완만해서 걷기 편한 덕유산에 새해에도 올 수 있어서 감사합니다.
이 모든 것에 감사합니다.

출처 : 덕유산, 산책하면서

아침에 일어나면 일용할 양식이 있음과
살아 숨 쉬는 기쁨에 감사하라. 만약 기뻐해야 할 이유를
찾지 못한다면, 그 잘못은 자신에게 있다.

- 테쿰세 추장 -

09 | 어쩌면 출판계약이

과연 계약이 될까?
지난 3년간 기획하고 1년 이상 글을 쓰고 정리를 반복했던
향기 서적 투고 준비를 마쳤습니다.

다시 한 번 읽고 정리하는 시간이 감사합니다.
내일 여러 출판사에 투고할 계획입니다.

전문서적인데 나서는 출판사가 있을까?
걱정도 되지만 여기까지 온 것만으로도 감사합니다.

늦은 시간까지 집중하는 나 자신에게 감사합니다.
이 모든 것에 감사합니다.

출처 : 아메리카노 한잔, "하린"카페에서

세상을 살아 움직이게 하는 것은 진리가 아니라 믿음이다.

– 에드나 세인트 빈센트 밀레이 –

10 | 내용이 참신하네요

9시부터 준비를 했지만
처음 투고하는 순간 온몸에 긴장감이 전해졌습니다.

과연 계약이 될까?
내용은 물론 컨셉트에 이르기까지 무수히 고민했었던 글.
묘한 이 감정.

12시 점심시간을 지나고 1시 정각
모르는 전화가 한 통
출판사 대표님이 직접 전화를 주셨습니다.

"책 내용이 참 참신하네요."
계약하고 싶다는 전화였습니다.
"하면 된다!"라는 교훈이 실감 나는 하루였습니다.

오늘 이 모든 것에 감사드립니다.

출처 : 픽사베이 이미지

나는 다른 사람이 뭐라고 칭찬하든,
비판하든 전혀 개의치 않는다.
나는 그저 내 자신의 느낌에 충실할 뿐이다.

- 볼프강 아마데우스 모차르트 -

11 | 출판계약서

어제처럼 9시부터 출판사에 메일 보내는 작업을 하고
메일 예약 발송하는 방법도 배웠습니다.
오전부터 몇 군데 출판사에서 계약하자는 전화와 함께
출판계약서를 보내주셔서 얼마나 감사했는지요.

책 컨셉트와 출판사의 성향이 맞아야 하기에 결정되기까지 며칠
은 걸리겠지만, 나에게 행운이 찾아왔구나 하는 느낌이었습니다.

'나에게도 이런 날이 오는구나.'
간절한 마음으로 출판계약이 되는 순간이 오기를 기다렸기에
그 기쁨이 배가 됩니다.

토닥토닥,
열심히 글을 쓴 나 자신에게 애썼다고 말해 주고 싶은 날입니다.
참 애썼고 수고했다고.

이 모든 것에 감사합니다.

출처 : 픽사베이 이미지

모든 것에는 교훈이 담겨 있다.
문제는 그것을 찾을 수 있느냐 하는 것뿐이다.

− 루이스 캐럴 −

12 | 서울 찍고, 대구 그리고 대전

출판사 대표님과 미팅을 했습니다.
책 사이즈, 그림, 컬러, 일러스트, 마케팅 등에 대한 것들을 배울
수 있었습니다.

아로마테라피 분야의 책이라 원색 인쇄에 일러스트가 들어가야
효과가 좋습니다. 컬러 인쇄와 일러스트 삽입을 흔쾌히 승낙하고
계약해주신 출판사 대표님께 감사합니다.
인생 첫 번째 책 〈향기서적〉 출판계약에 감사합니다.

서울 찍고 대전을 내려오다 대구에서 '급 번개' 하자는 생각으로
기차 안에서 다시 승차권을 끊었습니다.

1년 반 만에 만나는 감사일기 동료 김 작가와 오랜만에 만나 소통
할 수 있어서 감사했습니다. 꼭 통화해봐야지 했던 최 선생님, 김
선생님, 전화통화로 인사를 나누었지만 반갑고 감사합니다.

5년 전의 일이 생각나서 추억에 젖어보았습니다
감사일기 동료들, 멋진 사람들 얼굴이 함께 지나갑니다.
모두 건강하시고 하시는 일 모두 잘 되기를 바랍니다.
이 모든 것에 감사합니다.

출처 : 픽사베이 이미지

행복을 얻는 데 필요하지 않은 것들은
아무리 많이 가져도 늘 충분하지 않다.

– 에릭 호퍼 –

13 | 잘 들어 주기만 해도

시동을 걸고 아파트에서 나가다가 무슨 생각에 빠졌던지 아파트 도로에 평행주차 되어 있는 스쿨버스를 받을 뻔했습니다.
하늘이 도왔구나 하는 마음이 들었습니다.
사고 나지 않아 감사합니다.

지인 한 분이 나에게 고민을 털어놓았습니다.
학벌도 좋고 직장도 좋은 남편에 누가 봐도 남부럽지 않게 사는 분이지만 쉽지 해결되지 않을 일이 있었습니다.
삶이 너무 힘들 때면 우리는 누군가에게 터놓고 말을 해야 숨을 쉴 수가 있습니다. 그렇게라도 하고 나면 힘들고 죽을 것 같을 때 다시 살 수가 있지요. 그냥 그 이야기를 들어 주기만 하면 됩니다.
딸과의 갈등 남편과의 갈등 이런 고민을 털어놓을 때, 제 마음도 힘이 듭니다. 하지만 누군가가 어렵게 자신의 이야기를 꺼낼 때 잘 들어주는 것만으로도 힘이 됩니다.
그녀의 이야기를 들어준 것이 얼마나 도움이 되었는지는 모르겠습니다. 조금이라도 도움이 되었기를 바랄 뿐입니다. 나를 믿고 도움의 손길을 내밀어 준 것에 감사합니다. 힘들어하는 이 예쁜 사람이 조금이라도 마음 편해지기를 바랍니다.
세상에 내 맘대로 되는 일은 하나도 없다는 것을 새삼 느끼는 하루입니다. 감사합니다.

출처 : 픽사베이 이미지

누군가의 잘못으로 내가 고생하는 것이
내가 잘못을 저지르는 것보다 낫고, 남을 믿지 못하는 것보다
속아 넘어가는 편이 훨씬 행복하다.

- 새뮤얼 존슨 -

14 | 앞으로 단골 할게요

집으로 돌아오는 길에 농수산물시장에 들렀습니다. 좋은 재료를 착한 가격에 구입해서 감사합니다. 수산물을 사려고 들어서는데 시장 문이 열려 있습니다. 어제저녁부터 날씨가 추워져서 거센 칼바람이 불어댑니다.

시장을 들어서자마자 해산물을 파는 아주머니가 인사를 건넵니다. 입구에서 칼바람을 맞으며 고생하시는 아주머니의 가게에서 사야겠다는 마음이 듭니다.

고등어 몇 마리에 굴과 가리비 고작 사는 거지만 이것이 내가 할 수 있는 작은 배려입니다. 온종일 찬바람을 맞으면서 장사하는 아주머니가 대단하다는 생각이 듭니다.

"사장님, 하루 종일 찬바람을 쐬고 어떡해요! 문을 닫을 수는 없나요?" 하고 물으니,

"물건 옮기는 리어카가 왔다 갔다 해서 문을 닫을 수가 없어요."

"돈 벌기 힘들어요. 평생 이렇게 일해서 애들 키우고 살았어요." 라고 합니다.

"좀 더 따시게 입고 일하셔요. 앞으로 단골 할게요!" 하고 이렇게 인사를 건네고 돌아왔습니다.

세상 쉬운 일은 없다고 했습니다.

열심히 사시는 아주머니 모습을 보고 '나도 열심히 살아야지.' 합니다. 오늘 하루 이 모든 것에 감사합니다.

출처 : 픽사베이 이미지

강인하고 긍정적인 태도는
그 어떤 특효약보다
더 많은 기적을 만들어 낸다.

− 패트리샤 닐 −

15 | 엄마, 죽기 싫어

논문 프로그램이 거의 끝나갑니다.
어르신들의 살아온 길, 앞으로 살아갈 길에 대한 사진을 찾아
대화하는 과정에서 삶의 치열함을 보았습니다.

스스로 목숨을 끊으려고 아들 둘의 손을 꼭 붙들고 철로 위에 누
워 있었다고 하는 어르신. 부산행 선로에 누웠다가 살았지, 서울
행 선로였으면 죽었을 거라며 선로 두 개가 겹친 사진을 고른 이
유를 말씀하셨습니다.

"엄마 죽기 싫어, 죽기 싫어!" 하고 말하던 아들의 그때 모습이 떠
오른다면서 죽으려고 농약도 먹어봤는데 모진 것이 목숨이라 살
아남았다고.

앞으로는 비행기처럼 살아가고 싶다고 하면서 붉은 노을이 펼쳐
진 하늘을 날아가는 비행기 사진을 골라서 보여주십니다.

타인의 삶을 공유하면서 너와 나의 삶이 다르지 않다는 점을 배우
게 되어 감사합니다.
프로그램을 통하여 어르신들의 지혜를 배울 수 있어 감사했습니다.
이 모든 것에 감사합니다.

출처 : 픽사베이 이미지

자신의 생각과 말과 행동이
조화롭게 일치될 때, 그것이 행복이다.
– 마하트마 간디 –

16 | 인생은 에스프레소 & 달달한 케이크

케이크를 보면 '와!' 하다가도 가격을 보고 망설이곤 합니다. 오늘은 감사하게도 쿠폰이 있어서 케이크와 커피를 먹을 수 있습니다.

공부하느라 애쓰는 딸과 장바구니를 들어준 매너 좋은 아들과 함께 먹으니 더 맛있습니다.

감사일기 원고에 관심을 주셨던 출판사 대표님.

컨셉트가 좋다고 해주셔서 감사합니다.

바로 화요일에 계약하자고 하십니다. 1주일에 출판계약이 2권, '세상에 이런 일이 있을 수 있나?' 그저 꿈만 같았습니다.

감사일기를 쓴 지 5년이 되어갑니다.

2년 전부터는 내 마음을 드러내는 감사에세이를 쓰기 시작했습니다. 감사일기를 시나 에세이 형식으로 문체를 바꾼 것이 출판으로 연결되었습니다.

내 생각이 곧 감사의 결과로 만들어졌으니 더욱 감사합니다.

나의 감사는 이제 또 다른 영혼의 옷을 입은 것만 같습니다.

인생은 에스프레소처럼 쓴 힘든 날도 있지만

달달한 케이크 같은 달콤한 날도 있습니다.

오늘은 '행복한 이 순간을 조금 더 오래 간직하고 싶습니다.'

더 나누고 살겠습니다. 이 모든 것에 감사합니다.

출처: 투썸플레이스 선물이미지

기회는 작업복을 걸치고
찾아온 일감처럼 보이는 탓에
대부분 사람들이 놓쳐 버린다.

- 토머스 에디슨 -

17 | 인생 두 번째 출판계약

내 인생 두 번째 책, 감사 에세이 출판계약에 감사합니다.
최선을 다해 퇴고하여 좋은 글을 내놓으려 합니다.

감사를 생활화하고 계신 "도서출판 프로방스" 대표님,
대전까지 직접 와주셔서 감사합니다.

삶의 연륜이 묻어나는 대표님과 계약서를 쓰고
커피 한잔하면서 대화를 나누었습니다.
열정이 대단한 분이셨습니다.

인간은 자신이 경험한 만큼 보인다고 했습니다.
바라고 바라던 일은 실행에 옮기면 결국 된다는 것을 배웠습니다.

인생은 살아온 경험으로 깨달음의 열매가 맺는 것 같습니다.
인생은 빨간 사과나무와 같다고 생각해 보았습니다.

나의 사과나무에도 열매가 풍성하게 맺도록 거름을 주어야겠습니다. 이 모든 일들이 잘 이루어지길 바랍니다.
감사합니다.

출처 : 픽사베이 이미지

신은 나무 열매를 주지만, 그것을 쪼개 주지는 않는다.

- 독일속담 -

18 | 엄마표 새우튀김

엄마표 새우튀김을 했습니다.
통 새우 살에 튀김가루 솔솔 뿌려서 반죽에 담갔다가
끓는 기름에 퐁당!
1분이면 완성입니다.

새우튀김은 가끔 먹어야 맛있습니다.
와사비 간장소스에 살짝 찍어서 먹거나
머스타드 소스에 찍어서 먹으면 더욱 더 맛있습니다.

오늘은 와사비가 없어 그냥 "패스!"
그래도 머스타드 소스가 있으니 감사합니다.

새우버거를 좋아하는 딸,
"다음에 새우버거 한번 만들어 먹자, 엄마" 하고
굿 아이디어를 냅니다.

"콜" 입니다!
두 녀석 모두 감기 기운으로 입맛도 없을 텐데
맛있게 먹어주어 감사합니다.
이 모든 것에 감사합니다.

출처 : 엄마표 새우 튀김을 하면서

꼼꼼하게 챙기다가 인생이 다 지나가 버린다.
단순하게 살아라, 단순하게 살아라.

- 헨리 데이비드 소로 -

19 | 하늘이 주는 선물

복식호흡으로 걸으며 그냥 이 생각 저 생각 하다가
하늘을 쳐다보니 구름이 참 예뻤습니다.

나뭇가지 사이로 보이는 구름이 꼭 하트 모양입니다.
그러나 몇 초 사이에 하트 모양이 어느새 없어졌습니다.
순간포착 사진으로 찍어놓아 감사합니다.

하늘에서 빛이 내려와
하트 모양 구름을 만들어주어 잠시나마 행복했습니다.
하늘이 나에게 주는 선물 같았습니다.

아래 위 쌍둥이 하트입니다.
뭔가 좋은 일이 생길 것 같습니다.
감사합니다.

출처 : 길을 걷다 올려다본 구름

감사하는 마음, 그것은 자기 아닌 다른 사람을 향하는
감정이 아니라 자기 자신의 평화를 위하는 감정이다.
감사하는 행위, 그것은 언제나 벽에다 공을 던지는 것처럼
자기 자신에게로 돌아온다.

– 이어령 –

20 | 머리카락에 불이

충북 단재연수원 우수 강사풀을 통해 강의 의뢰를 받게 되어 감사
합니다. 오늘은 W중학교 교직원연수장에서 아로마힐링 강의를
하게 되었습니다.

그런데 예기치 않은 불상사가 발생했습니다.
향기를 맡으려고 고개를 숙이던 선생님의 긴 파마머리에
불이 붙는 일이 생겼습니다.
얼마나 놀랐는지 모릅니다.
옆에 계시던 선생님들의 적절한 대처로
다행히 큰 사고 없었습니다.

50명의 선생님들의 즐거워하시고 적극적으로 참여해주신 덕분에
행복한 시간을 만들 수 있게 되어 감사합니다.

머리에 불이 붙는 해프닝으로
앞으로 안전사고에 대비 할 수 있는 계기가 되었습니다.
도움주신 선생님들 감사했습니다.

출처 : 픽사베이 이미지

실수는 발견으로 가는 관문이다.

− 제임스 조이스 −

21 | 속리산 세조길

오랜만에 여유를 부리는 시간에 감사합니다.
어제 눈이 온다는 일기예보를 듣고는
눈길을 걷고 싶다는 마음으로 속리산으로 향했습니다.

내리는 눈은 못 봤지만
눈 덮인 속리산 "세조길"을 걷게 되어 감사합니다.

가파르지 않은 4km의 호수 옆길을 걷다가
호수가 너무 아름다워 한참을 바라보다 왔습니다.

언제라도 다시 또 와보고 싶은 길
눈 덮인 얼음 사이를 흐르는 계곡 물소리
너무나 맑아서 마음 편안하게 만들어주니 감사했습니다.

하늘이 예쁩니다.
이제 봄.
송사리도 바삐 헤엄치고 시원한 바람은 그저 곱기만 하고
볕이 좋아 한가로이 걸었습니다.

말없이 걷는 길.
자연에 감사하고 물 한 모금에 감사했습니다.

출처 : 속리산 세조길을 걸으면서

반드시 깨어 있어야 할 유일한 시간은 바로 지금이다.

- 부처 -

22 | 편지 한 통은 최고의 선물

아침, 점심, 저녁 식사이벤트를 준비한 딸과 아들에게 감사합니다.
부족한 엄마에게 이렇게... 고마워서 마음 한편이 찡합니다.
언제 이렇게 준비를 했는지... 아침에는 미역국, 점심에는 랍스터
요리 음식 예약, 저녁에는 이벤트까지. 감사합니다.
"엄마가 이렇게 좋아할 줄 알았어." 하는 딸!
이벤트를 받고 기뻐하는 연예인들을 엄마가 부러워하는 것을 보
고 준비했다고 합니다.
〈그대 이름은 장미〉라는 영화를 다운 받아놓고 장을 보고 생일축
하 분위기를 만들고 식탁보에 와인 잔까지 준비를 해 놓았습니다.
공부하느라 늘 시간이 부족한 녀석들이 언제 이렇게 준비했는
지... 그 귀한 시간을 엄마를 위해 썼다는 것에 미안하면서도 감사합
니다.
어릴 때부터 내 생일이 되면 아이들에게 "편지 한 통 받는 것이 엄
마 선물이다!"라고 가르쳐왔습니다.
항상 엄마에게 넘치는 사랑을 주는 아이들입니다.
아이들은 내 생애 받은 축복 중에 가장 큰 축복이라고 생각합니다.
세상 많은 사람 중에서 내 딸로 내 아들로 태어나 준 것에 대해
감사합니다. 아들딸에게 넘치는 사랑을 받아서 행복하고 감사합
니다.
언제나 다정한 친구여서 더 감사합니다.

출처 : 생일날 딸과 아들이 축하해준 와인파티에서

집을 아름답게 꾸미는
최상의 장식은
집을 자주 찾아오는 친구들이다.

- 랠프 월도 에머슨 -

23 | 매 순간이 감사

삶의 매 순간에서 감사 아닌 것이 없습니다.
내 인생 가장 힘든 시기에 만난 감사일기는 터닝 포인트가 되었
고 내 마음의 비타민 내 영혼에 따뜻한 위로가 되었습니다.

감사일기 쓰기 시작한지 이제 천오백 일이 넘어갑니다.
스스로를 위로하는 감사일기를 써 온 나에게 감사합니다.
몇 년전, 강의를 듣고 함께 시작한 감사일기.
자신과의 약속도 중요하지만 혼자서는 재미가 없습니다.

시즌이 끝나면 "정모"도 하고 밥도 같이 먹으면서 해야 오래 쓸
수 있습니다. 좋은 정보를 함께 나누고 함께 가야 오래도록 꾸준
히 쓸 수 있습니다.

감사일기를 다시 쓰기 시작한 선생님이 밴드에 글을 올렸습니다.
집 나갔다 돌아온 가족처럼 얼마나 반가웠는지요. 감사합니다.

함께 하니 에너지가 더 넘칩니다.
삶은 순간순간이 감사입니다.

이 모든 것에 감사합니다.

출처 : 픽사베이 이미지

우주에서 우리가 고칠 수 있는 것은
딱 한 가지밖에 없다.
그것은 바로 우리 자신이다.

— 올더스 헉슬리 —

24 | 쉼을 챙기다

운동도 쉰 채, 토요일과 일요일을 보내기로 했습니다.
책 읽다가 졸리면 자고 그렇게 푹 쉬었습니다.

장보기도 전화주문으로 해결했습니다.
.
.
.
쉼,
쉼을 챙긴 하루에 감사합니다.

며칠 전, 이를 뺐습니다.
얼굴이 아직 호빵처럼 부어있지만
어제보다 통증이 훨씬 가라앉아 다행입니다.

이 모든 것에 감사합니다.

출처 : 평창 백일홍축제장에서

한 사람이 해변의 예쁜 조개껍질을
모두 주울 수는 없다.

- 앤 모로 린드버그 -

25 | 이 또한 지나가리니

2년 전, 딸의 등허리에 뭔가 자국이 생겼습니다.
동네 피부과에서 건조증이라며 심각하지 않다고 했지만
쉬이 낫지 않아 자국은 더 커지고 점점 넓게 번졌습니다.

의사도 검사를 통해서만 알 수 있다고 하는데
무슨 검사가 이리도 많을까요.

이런 경우 몇 %는 "암" 일지도 모른다면서
세포조직검사와 함께 여러 검사를 했습니다.

건강하게 생활할 수 있다는 것이 얼마나 감사한 일인지
종합병원에 가보니 바로 알 수 있습니다.

2주 뒤에 검사결과가 나온다고 합니다.
아무 일도 없을 것이라고 믿습니다.
이 모든 것에 감사합니다.

출처 : 양평 "카페무르"에서

슬퍼하는 것은
일시적인 아픔이지만, 비탄에 빠져드는 것은
일생일대의 실수다.

— 밴저민 디즈레일리 —

26 | 언젠가 그 날은 온다

알고 지내던 분을 만났습니다.
그 동안 어려움을 이겨내고 자리를 잡아 성공한 분입니다.
8년 만에 보는 얼굴이 참 편안해 보였습니다. 감사합니다.

진심으로 축하해드렸습니다.
수년 동안 발에 물집이 날 정도로 영업을 하면서
밤에는 대리운전까지했다고 합니다.

나이 50이 넘은 나이, 남들은 여유로운 생활을 하는데
월세 방에 살면서 바닥까지 내려갔다고 느꼈을 때가 가장 힘들었
다고 했습니다.

힘들게 여기까지 달려온 내 삶과 닮았습니다.
세상에 쉬운 일은 없습니다.
죽을힘을 다해 열심히 하다보면 좋은 날이 분명히 옵니다.

성공한 감사한 이야기를 들을 수 있었던 오늘 하루
너무나 감사합니다.

출처 : 픽사베이 이미지

이상은 별과 같다.
우리가 결코 닿을 수는 없지만,
바다를 항해하는 뱃사람들처럼 별들의 도움으로
가야 할 항로를 제대로 찾을 수 있다.

- 카를 슐츠 -

27 | 이렇게 고마울 수가

향기 논문 프로그램 진행이 끝난 후, 할머니 한 분이 집에 가시다 말고는 이리저리 왔다 갔다 하고 계셨습니다. 귀가 잘 안 들리는 어르신은 무언가 할 말씀이 있는 것 같아 보였습니다.

알고 보니 시내에 있는 역전까지 태워달라는 것이었습니다.
당신의 보청기 무언가를 교체해야 한다고 하는데
천천히 잘 들어보니, 보청기 건전지를 바꿔야한다는 것 같았습니다. 날씨는 춥고 '어쩌면 좋지?' 하다가.

일단 인터넷으로 검색하여 가까운 보청기 가게에 전화를 해보았습니다. 고맙게도 모든 보청기에 쓰이는 건전지가 똑같다고 합니다. 할머니를 가게로 모시고 가려고 장소를 물어보니 보청기 대리점 사장님께서 할머니가 계신 곳까지 와 주신다고 합니다.

이렇게 고마울 수가! 생각지도 못한 친절에 감사합니다.
고마워서 꼭 한번 찾아뵙고 인사를 드리기로 했습니다.

세상에는 고마운 사람이 너무 많습니다. 마음이 참 따뜻해졌습니다. 세상에 마음 예쁜 사람이 더 많아 살만하다는 생각을 다시 해봅니다. 오티콘보청기 대덕점사장님, 감사합니다.

출처 : "어웨일카페펍" 앞에서 바라본 거제도 "고래섬"

감사에 보답하는 것보다 더 다급한 임무는 없다.

– 제임스 앨런 –

28 | 사과를 먼저 하면

밤늦은 시간, 주차장이 텅텅 비어있어서
마음 놓고 주차한 것이 옆 차 주차 선을 물고 말았습니다.

어차피 빈 주차장이고 또 금방 나갈 것이니 괜찮겠지 하고는
그냥 오피스텔로 들어갔습니다. 곧 관리실에서 전화가 왔습니다.
"차를 이렇게 주차하시면 안 됩니다. 차 다시 주차 해 주세요!"
알겠다고 좀 있다 나갈 거라고 했는데 다시 전화가 왔습니다.

주차장은 비었고 나가려면 30분이 걸린다고 말씀드려도 막무가
내였습니다. 잘못은 했지만 짜증이 났습니다. 화도 나고 마음도
불편했습니다. 주차장으로 가서 차를 다시 주차하고 차 안에서
30분간 책을 읽고 있었습니다.

관리실 아저씨가 "바로 안 나가시네요." 라고 핀잔을 줍니다. "딸
이 일 끝나려면 15분쯤 걸려서 그래요. 아까는 제가 주차를 그렇
게 해서 죄송했습니다." 먼저 사과를 했더니 마음에 평화가 왔습
니다.
사과를 먼저 한 나 자신에게 감사합니다. 관리실 아저씨에게 화
안내고 실수를 인정할 수 있어서 감사합니다. 사과를 먼저 해야
평온함이 온다는 것을 알았습니다. 이 모든 것에 감사합니다.

출처 : 픽사베이 이미지

경험은 누구에게 일어난 일을
말하는 게 아니라, 어떤 일이 일어났을 때
그 사람이 한 행동을 말한다.

- 올더스 헉슬리 -

29 | 핸드폰 없이 하루 살기

핸드폰을 집에 두고 사무실에 왔습니다. 일에 대한 집중도가 높아졌고 습관처럼 핸드폰을 보는 시간이 줄어들어 무언가 홀가분했습니다. 감사합니다.

핸드폰이 없던 시절에는 '삐삐'를 이용했습니다.
실시간으로 통화하고 사진 찍고 모든 일이 해결되는 스마트폰.
스마트폰이 삶의 혁명을 가져왔다고도 할 수 있습니다. 지하철을 타고 가는 사람들이 마치 약속이라도 한 듯이 모두가 고개를 숙인 채 핸드폰만 바라보고 있는 모습을 자주 봅니다. 빌 게이츠는 임직원들과 함께 숲속에서 폰 없이 생각하는 구간을 만들어 걷는다고 합니다.

앞으로 일주일 중에 주말 이틀만은 핸드폰 없는 날을 만들어 여유를 가져보고 싶습니다. 가끔은 핸드폰에서 벗어나는 하루도 괜찮습니다. 습관처럼 바라보던 핸드폰이 없으니 시간을 더 길게 쓸 수 있었습니다.

핸드폰이 있어서 감사하던 내가 핸드폰이 없는 날 또한 감사한 하루가 되었습니다.

출처 : 픽사베이 이미지

세상살이에서 안타까운 것이
좋은 습관은 나쁜 습관에 비해 버리기가
훨씬 쉽다는 것이다.

－ W. 서머싯 몸 －

30 | 그녀를 생각하면

내 감사일기에 '좋아요'를 눌러주어 알게 된 동생입니다.
그녀 역시 감사일기를 쓰고 공유하고 있습니다.
SNS 친구로서 배려심 많고 마음이 예쁜 부산이 고향인 동생입니다. 그녀를 생각하면 왠지 풀 냄새 바다냄새가 납니다. "오늘은 대전에 사는 울 언니가 더 생각납니다!" 라는 그녀의 감사일기에
무슨 일이 있나 하는 생각이 들었습니다.
'동생이 많이 힘들었던 하루였구나!' 하고 느낄 수 있었지요. 가끔 "카톡"으로 속마음을 조금이라도 말해주는 동생이 감사합니다.
우리는 자신이 얼마나 힘든지 아픈지 알 수 있어야 합니다.
고향을 떠나 멀리 이사를 간지 얼마 안 된 그녀에게, 자신을 더 많이 챙기고 봐줄 수 있는 시간을 만들어 보라고 조언했습니다. 결혼을 하고 아는 사람이라고는 아무도 없는 대전에서 살면서 내가 가장 그리워했던 것이 바다였습니다. 부산에 대한 향수 때문에 아이들이 어릴 때도 두 달에 한 번씩은 부산에 다녀오곤 했습니다.
가족사랑에 허기졌던 마음을 채우려 했던 것 같습니다. 기차가 부산역에 들어설 즈음부터 바다 냄새가 느껴지면서 뭔가 확 트이는 것 같았습니다. 자갈치, 송도, 광안리, 해운대를 한 바퀴 도는 것으로 힐링이 되곤 했지요. 지금은 대전이 제2의 고향이 되었지만 언제나 내 고향 부산이 그립습니다.
다른 지역에 가서도 부산이라는 글자가 쓰인 표지판만 봐도 설렙니다. 그리운 내 고향이 부산이어서 감사합니다.

출처 : 픽사베이 이미지

자신을 솔직하게
이야기하지 않는 사람은 다른 사람에 대해서도
솔직하게 이야기할 수 없다.

- 버지니아 울프 -

春

나이가 들어 노인이 되어도
소일거리와 무릎연골의 건강, 마음 나눌 친구,
이 세 가지는 있어야 합니다.

PART 05

Spring
Again

: 다시 봄

01 | 가끔은 농땡이

딸내미와 함께 농땡이를 쳤습니다. 드라이브하고 싶다는 딸과 함께 어둑어둑해진 동학사 주변을 한 바퀴 돌았습니다. 노래하는 것이 취미인 딸을 위해 스피커 볼륨을 최대로 올려놓고 신나게 노래를 불러댔습니다.

나도 덩달아 스트레스가 풀렸습니다. 차 밖으로 노랫소리가 들리면 어쩌나 하기도 했지만, 노래방 이상으로 재미있게 놀았지요.

생각지도 않았던 즐거움에 감사합니다.

소소한 즐거움에 행복했습니다.

예쁜 곳, 좋은 곳, 맛있는 음식을 만나면 딸내미 데리고 오려고 기억해두곤 합니다.

이틀 전 모임에서 다녀왔던 예쁜 카페 "드르쿰다 제주"

꼭 딸과 함께 오고 싶었습니다.

진한 커피로 즐거움은 배가 되었고 카페 1층부터 2층, 여기저기 한바퀴 돌아다니며 재미있었습니다.

역시 딸도 좋아하네요. 좋아하는 모습을 보니 더 행복했습니다.

가끔은 농땡이 칠만합니다.

이 모든 것에 감사합니다.

출처 : 픽사베이 이미지

지루함이란 모든 것이 다
시간낭비라고 느끼는 것이다.
평정심이란 그 어느 것도 시간낭비가
아니라고 느끼는 것이다.

- 토마스 사즈 -

02 | 고마운 참치김치찌개

비가 내리는 아침이 주는 느낌은 나에게는 특별합니다. 요즈음 좀처럼 비 구경을 못했는데 하루 종일 비가 내려 감사합니다. 비 오는 날이니 김치찌개를 해 먹기로 했는데요. 큰 참치 캔을 샀다가 통조림 따개가 없어 고생했습니다. 이리저리 궁리를 하다가 한참 만에 겨우 성공했습니다. 덕분에 참치를 넣은 김치찌개를 먹을 수 있어서 감사합니다.

오랜만에 해보는 통조림 따기를 와인 병따개로 통조림도 딸 수 있을 것으로 착각했네요. 요란스러웠지만 재미있었지요.

큰 캔을 딴 덕분에 참치김밥도 해 먹었네요. 맛있게 먹었지만 논문수정에 걱정이 태산 같습니다. 내일 점심에 논문 때문에 지도교수님과의 미팅이 있습니다.

정액권으로 가입한 스터디카페가 만석이라 커피숍으로 이동을 했습니다. 미안할 정도로 한산하지만 조용해서 좋았습니다.

잠시 뒤, 옆 테이블에 아이를 데리고 온 젊은 엄마와 아빠가 앉았습니다. 4~5살쯤 되어 보이는 남자아이가 장난감을 가지고 놀면서 어찌나 시끄럽게 구는지 내 혼을 쏙 빼놓습니다. 그래도 귀엽고 예쁘기만 합니다.

우리 아이들 클 때가 생각납니다. 요즘 흔한 말로 "라떼는" 아이들이 시끄럽게 노는 걸 놔두질 못했지요. 옆 테이블에 자리한 사람에게 미안해서 바로 나오곤 했지요.

요즘 젊은 부모들, 아이들 교육 정말 잘 합니다만 타인에게 배려가 부족한 부모도 있는 것 같습니다. 아이들도 천천히 얘기하면 다 알아듣습니다. 하지만 떠들면서 노는 아이들에게 조용히 하라고 주의를 주는 부모들은 많이 못 봤습니다. 교육은 참으로 중요하다는 생각을 합니다. 소란스러웠지만, 아이의 표정과 말이 너무 귀여워서 또 힐링이 되기도 했지요. 순수하고 해맑은 말투가 너무 귀여웠거든요. 아이들을 좋아하는 난, 시끄러웠지만 씩 웃으며 아이와 눈인사를 나누었습니다. 그 바람에 집중은 못 했으나 힐링은 되었습니다. 새벽까지 읽고 쓰고 정리하는 나의 집중력이 조금 놀랍기도 합니다. 그 에너지가 어디서 나오는지, 고맙고 감사합니다. 맛있는 김치찌개와 참치김밥 덕분인 것 같습니다. 감사합니다.

출처 : 픽사베이 이미지

03 | 시몬, 너는 아니?

하루 사이에 날씨가 꽤 쌀쌀해졌습니다. 세찬 바람에 거리에는
낙엽이 많이 쌓였습니다. 나도 모르게 낙엽을 밟으면서 걸었습
니다. 한걸음 한걸음 걸을 때마다 마른 나뭇잎들이 바스락거렸습
니다. 아주 잠시 가을의 낭만을 느낄 수 있어서 감사합니다.
어린 시절, 빗자루로 낙엽을 쓸어버리는 것이 마땅치 않았더랬습
니다. 나의 낭만적인 감성 때문이었을까요.
내 고향 부산에서는 눈 구경이 쉽지 않았지요.
어쩌다가 눈이 내리는 날이면 강아지처럼 뛰어다니며 좋아했습니다.
하지만 대전에서는 겨우내 눈 구경을 자주 할 수 있습니다.
대전에 살면서 눈 오는 날에 우산을 쓰고 걷는 사람들이 이해가
안 되었지요. 우스워 보이기까지 했습니다.
이제 대전에 오래 살다보니 눈이 올 때 우산 쓰고 걷는 사람의 마
음이 이해가 됩니다. 눈을 맞으면서 걷다가 하나밖에 없는 고가의
무스탕이 쪼그라들어 아이들 옷처럼 작아지기도 했습니다.
필요한 분께 그 옷을 드리는 좋은 일을 하긴 했지만
어린 시절 비가 오면 비를 맞으며 길을 걸었습니다.
비냄새와 흙냄새가 왠지 상쾌하고 낭만적으로 느껴졌으니까요.
요즘은 비를 맞는 것 대신 비 내리는 풍경을 바라보는 것을 무척
좋아합니다. 좋아하기 때문에 하루 종일 비를 바라볼 수도 있습니
다. 비를 싫어한다면 그럴 수 없을 겁니다. 지금, 귀중한 시간에
집중할 수 있어서 감사합니다.

출처 : 가을날, 대전청사 숲의 공원에서

지금과 다른
내가 되고 싶다면 지금의 나에
대해 알아야 한다.

– 에릭 호퍼 –

04 | 어쩌다 새벽 4시

춥다고 해서 바짝 긴장했는데 날씨가 하루 사이에 좋아졌습니다.
새벽에 귀가하는 탓에 패딩점퍼에 목도리까지 단단히 준비했는데
별로 춥지 않아서 귀가하는데 아무 지장이 없었습니다.
무엇보다 어제만큼 바람이 세지 않아서 다행입니다.

어쩌다 새벽 4시가 되었습니다.
딸과 마지막까지 스터디카페에 남아
잔잔한 음악과 함께 잠시 여유를 부리면서 책을 보았습니다.
늦었지만 목적을 달성해서 감사합니다.

영화 〈기생충〉에서 가정부가 우아한 음악과 더불어
차를 마실 때의 느낌이 이러했을까요?

스터디카페에는 책장 넘기는 소리, 문 열고 닫는 소리
지나가는 발걸음 소리 등 뭐 이런 소음만 있습니다.
워낙 조용한 장소이다 보니 물건 부딪히는 작은 소리에도 조심해
야 합니다.

늦었지만 목적은 달성했기에 감사합니다.

출처 : 픽사베이 이미지

정신이 올바른 사람에게는 그 무엇도 목표를
달성하는 데에 방해가 되지 못한다.
정신이 올바르지 못한 사람에게는 그 무엇도 도움이 되지 못한다.

– 토마스 제퍼슨 –

05 | 삶의 맥락은 매한가지

내일 또, 지도교수님과의 미팅이 있습니다.
긴장이 되어 마음만 급해지는 것 같습니다.
보고 또 봐도, 수정하고 보완할 것 투성이입니다.

한 줄 수정하고 나면 문맥의 흐름이 바다에서 산으로 가버리니
논문 역시, 책 읽기가 기본이 되어야 한다는 생각이 듭니다.

작가란, 오늘도 글을 쓰는 사람이라고 이은대 작가가 말했습니다.
날마다 글을 읽고 쓰는 습관을 가지면 날마다 글쓰기가 늘 것이고
책을 날마다 읽는다면 내면의 깊이와 폭이 성장될 것입니다.
이런 의미로 보자면 논문도 매 한가지가 아닐까 하는 생각을 해봅니다.

삶의 맥락은 어찌 보면 매한가지.
글 쓰는 것과 논문정리 하는 것이 서로 비슷하다는 것을
배우고 느낄 수 있었습니다. 감사합니다.

이 모든 것에 감사합니다.

출처 : 픽사베이 이미지

배움은 그 주인을
어디에나 따라다니는 보물이다.

- 중국속담 -

06 | '오늘만'의 유혹

어제 몸이 지쳤는지 하루 종일 컨디션 회복이 안 됩니다.
오후 늦게 정신을 차리고 하던 일에 집중할 수 있어서 감사합니다.

딸은 다이어트하자고 하면서도
오늘도 캔 맥주에 소시지 하나, 불닭볶음면을 샀습니다.

스터디카페를 나설 때면
"오늘만 먹고 내일부터 다이어트 할게, 엄마." 하면서
히히 웃습니다.
다이어트를 위해 저녁식사를 단백질 쉐이크로 했지만
맛있는 음식에 쉽게 마음가짐이 무너질 수 있기 때문에 늘 마음
중심을 잘 붙들어야합니다.

늦게 잠들면 공복이 길어져 배가 꼬르륵거리면서 배가 고파지지
요. 보통은 참지 못하고 요구르트 같은 간식을 먹게 되는데
오늘은 그 유혹을 잘 이겨내어 감사합니다.

이 모든 것에 감사합니다.

출처 : 슈퍼에서

우리는 모두 약점과
오류 투성이므로 우리의 못난 점들을 서로 용서하자.
이것이 자연의 제1법칙이다.

– 볼테르 –

07 | 친절한 편의점 점장님

논문을 마지막으로 수정보완하고 메일을 쓴 다음 엔터키를 눌렀습니다. 행복합니다. 부족하지만 마무리 수정을 했다는 것에 감사합니다. 엉덩이가 얼얼할 정도로 오래 앉아 쓰다 보니 8시간이 어찌 지나가는 줄도 몰랐습니다.

화, 수, 목, 금, 토 총 5일이나 걸린 수정 보완 작업이었습니다.

별로 한 것도 없는 것 같은데 말입니다.

마무리하고 나서 편의점에서 파는 "허쉬초콜릿 아이스크림"을 먹기로 했습니다. 조금 비싼 이 아이스크림을 2+1에 세일하고 있어서 기분 좋게 샀지요. 세 개 중 한 개는 어쩌지 하고 있는데 딸이 이렇게 말합니다.

"점장님!" "아 그럼 되겠네. 점장님께 드리자. 굿 아이디어!

이 마음 고운 사람이 내 딸이어서 감사합니다. 편의점 점장님도 고맙다는 인사를 해주셨습니다. 하루를 마치고 늦은 시간, 간식을 사러 이 편의점을 자주 들릅니다. 점장님이 빵 하나를 거저 주셨던 적 있습니다.

바닐라오믈렛이었습니다.

부드러운 바닐라 향이 나는 빵 속에 진짜 바나나가 3분의 1개 정도 들어있고요. 그 위에 생크림이 듬뿍 올려 있는 빵입니다.

그 빵이 너무 맛있어서 이름이 뭔지 기억했다가 다시 사 먹기도 했던 빵입니다.

점장님의 친절함이 마음에 남아 일부러 대화를 나눈 적 있었습니다. 친절히 인사를 해주시는 덕분에 기분이 좋았다는 말씀도 드렸지요. 몇 달 계속 다니다보니 오래된 친구처럼 보기만 해도 반가운 분입니다.

"이웃사촌" 이라는 말이 이래서 생겼나봅니다. 늘 반갑게 웃으며 친절하게 대해주셔서 감사합니다. 이 모든 것에 감사합니다.

출처 : 글을 마치고 새벽 GS편의점에서

마음을 담장 너머로
던져 넘기면 나머지는 저절로 따라 넘어가게 된다.
- 노먼 빈센트 필 -

08 | 아이의 변화는 부모의 변화로부터

육아훈육처방전에 대한 오은영 박사의 강의를 직접 듣게 되어 감사합니다. 박사님이 예로 든 육아훈육의 실제사례가 마음에 와 닿았습니다.

더러 부모교육 강의를 할 때가 있습니다. 책을 많이 읽고 다른 사람들의 강의를 들어보아야 강의하는 능력이 향상됩니다. 그래서 좋은 강의가 있으면 많이 찾아서 듣는 편입니다. 강사로서 그리고 엄마로서의 관점에서 강의를 들었습니다.

실제로 〈슈퍼맨이 돌아왔다〉라는 프로그램을 보면서 어린아이들의 행동과 눈빛, 옹알이, 말 없는 아이들의 언어 속에서의 발견되는 그들만의 질서와 순수한 마음을 느끼면서 놀랄 때가 많았습니다. 어른은 아이에게 배웁니다. 정신의학, 정신분석학, 성격심리학 그리고 아로마테라피심리상담코칭이라는 학문은 세상의 모두와 소통이 되고 연결됩니다. 제 두 아이에게 늘 미안합니다. 잘한다고 했지만, 그 시절에는 이런 교육과정 자체를 몰랐습니다. 그래서 좀 무지하게 키웠습니다. 다시 할 수만 있다면 더 잘 키울 수 있겠다는 생각을 하지만, 세월을 돌이킬 수는 없는 법입니다. 너무 많이도 부족한 엄마였는데 두 남매는 참 반듯하게 잘 커 주었습니다. 온 우주에 감사합니다. 부모교육, 참으로 중요합니다. 그 소중함을 알기에 부모교육 프로그램을 늘 기획하고 있습니다. 문제부모는 있어도 문제 아이는 없다는 것을 다시 한 번 느끼며 지금의 세상이 험한 것은 어쩌면 부모들이 부모노릇을 제대로 못한

탓이라는 것을 알기에 한 사람의 부모로서 세상에 대한 책임을 느낍니다. 오늘 강의로 아이들 교육에 대해 생각하는 감사한 시간을 가졌습니다.

오은영 박사의 2시간 강의내용을 요약하자면 대략 이렇습니다.

– 아이의 신호를 알아차려야 한다.
– 자식은 가르쳐야 되는 대상이며, 싸워서 이겨야 할 대상이 아니다.
– 생활의 기본질서와 원칙을 가르쳐야 한다.
– 좋은 말로 말 할 수 있어야 한다.
– 옳고 그름을 가르쳐야한다.
– 기다림을 가르쳐야한다.
– 사람의 기질은 태어날 때 정해져 있으니,
  그 아이의 기질에 따라 바라봐 줄 수 있어야 한다. (출처: 오은영박사 메모카드)

출처 : 이진호 원장님의 4째 "소은"이 "술래잡기하다 옷이 다 젖어 울음"

09 | 하루하루가 기적

지인들의 반가운 전화가 연이어 왔습니다. 소식이 궁금했었던 차에 말입니다. 예쁜 동생들 감사합니다.

생각지도 않은 일이 터져 수습하느라 고생을 하면서도 힘을 잃지 않는 동생들 감사합니다. 우리는 살면서 사소한 일에는 흥분하거나 화를 내기도 하지만 큰일을 겪을 때 오히려 멍하고 담담해지는 것 같습니다. 상처가 아물고 나면 살갗도 두꺼워지는 것처럼. 한번 경험해 봤기 때문일 겁니다.

신은 인간에게 겪을만한 어려움을 준다고 했던가요. 그 말은 우리가 아무리 큰일이 닥치더라도 기꺼이 헤쳐나가는 힘을 가지고 있다는 말과 같습니다.
우리는 이렇게 각각 나름대로의 빛깔로서 하루하루를 잘 살아내고 있습니다. 이 말에는 대단한 비밀이 숨어 있는 것 같습니다. 무사히 안전하게 오늘을 살아낸다는 것은 기적입니다. 하루하루 기적을 이뤄내고 있는 우리 모두에게 감사합니다.
이 모든 것에 감사를 드립니다.

출처 : 픽사베이 이미지

생각을 바꾸면 세상이 바뀐다.

– 노만 빈센트 필 –

10 | 쉼, 그 특별함

꼭 무언가를 해야 한다는 생각에서 벗어나니 홀가분했습니다. 아무것도 안 하고 푹 쉬는 것 자체가 좋았습니다. 딸의 세포검사결과가 자가면역 피부질환으로 나왔습니다. 암이 아니어서 천만다행이지만, 녀석이 스트레스를 무얼 그리 많이 받았는지 안쓰럽고도 속상합니다.

엄마가 더 많이 사랑해줘야 한다는 특명으로 받아들였습니다.

자주 쉴 수 있게 아로마힐링을 더 자주 시켜주려 합니다. 아이들 아빠와 아들은 남이섬으로 떠나고 딸과 나는 리조트 거실에 있는 월풀 욕조에 몸을 담구었습니다. 라벤더 아로마오일을 떨어뜨리고 향기 반신욕, 향기 목욕을 충분히 즐겼습니다. 아로마 입욕 후 나른해져서 낮잠도 푹 잤습니다. 저녁식사는 리조트에서 직접 구워주는 바베큐 뷔페를 하기로 했는데 너무 맛있어서 "맛있다!" 라는 말을 반복할 수밖에 없었습니다. 고기를 구워주시는 직원들께 "감사합니다." 라고 인사를 했더니 직원들의 진심으로 기뻐하는 모습에 더욱 감사했습니다. 밤에는 객실에서 서정적인 영화 〈먹고 기도하고 사랑하라〉를 감상했습니다. 자신을 용서하고 진정한 자아를 추구하자는 메시지를 받았습니다. "이탈리아, 인도, 발리" 라는 서로 다른 공간적 상황에서 실생활을 통해 해답을 찾는 내용으로 이국적이면서 재미있었으며 영화가 주고자하는 메시지가 그대로 와 닿았습니다. 배경이 아름다워서 보는 재미가 더해졌습니다. 평온한 시간을 보낸 하루에 감사합니다.

출처 : 휴가 때 지우리조트 앞에서

난로 불빛으로 책을 읽을 수는 없지만,
난롯불은 우리를 따뜻하게 하고 바닥의
먼지를 드러내 보이지 않는다.

– 아일랜드 속담 –

11 | 오후의 홍차

내 감사일기에 "좋아요"와 댓글을 달아주면서 감사일기를 함께 써보고 싶다고 하신 분이 있었습니다.

"언제 진주에 오면 꼭 '오후의 홍차'에 한번 오셔요." 하셨던 구자봉 선생님. "오후의 홍차"에서 홍차와 당근을 썰어 넣은 우리밀 빵을 맛보았습니다. 모래시계가 흘러내리는 동안 차가 조금 우러나면 따라 마시면 된다고 알려주십니다. 홍차의 종류가 매우 다양하다는데 홍차를 잘 모르는 나에게 피치홍차를 골라주셨지요. 선생님과 함께 "구자봉의 감사일기" 밴드를 직접 만들었습니다. 감사일기를 함께 쓰실 분을 초대하는 방법도 알려드렸습니다.

방법은 다음과 같습니다.

첫째, 지인이나 친구들 중에서 감사일기를 함께 할 사람을 5~10명 정도 모읍니다. 둘째, 네이버 밴드, 카카오스토리, 인스타그램에 글을 올리고 함께 공유합니다.

그런 다음, 감사의 삶을 살아가면서 함께 공유하면 됩니다. 구자봉 선생님과 홍차와 허브차를 마셨습니다. 홍차는 향이 특별하여 몸이 가볍고 편안해지는 느낌이 들었습니다. 허브차 또한 풍부한 향이 그윽했습니다. 앙증맞은 찻잔 가득한 구자봉의 "오후의 홍차", 주인장의 따스한 손길이 저절로 느껴졌습니다. 홍차를 배우고 오픈한지 7년이 되었다는 "오후의 홍차",

더 많은 사람이 찾는 진주의 명소가 되기를 기대합니다.

인연이 되어 감사합니다.

오후의 홍차 감사일기 >

비공개 · 멤버 2 · ➕ 초대

글쓰기

출처 : 구자봉님과 감사일기 밴드를 만들면서, 진주 "오후의 홍차"에서

살아가는 데 중요한 것이 세 가지가 있다.
첫째는 친절, 둘째도 친절, 셋째 역시 친절이다.

– 헨리 제임스 –

12 | 맨날 건강타령이야

난생처음 서울아산병원을 와봅니다.

2시간 이동하여 주차하는 동안 벌써 지쳐버렸습니다. 병원 지하 주차장에서 접수하는 곳까지 가는 중, 수많은 사람들 틈 속에서 부대끼느라 질식할 뻔했습니다. 지난여름에 아이들 아빠가 3일 동안 입원했을 때와 비슷한 느낌입니다. 아픈 사람이 이렇게 많다는 것에 놀라웠지만, 더 큰 병이 아니어서 감사한 마음입니다. "처음 온 사람" 줄에 대기했다가 인적사항이 없어서 진료실가서 또 얘기하고 다시 "처음 온 사람" 접수처에서 접수하고 진료실에서 대기할 수 있었습니다. 12시에 접수하여 오후 2시가 되어서야 오전 마지막 진료를 볼 수 있었지만 오후로 안 넘어가서 감사했습니다. 입원해서 다시 검사해야 한다고 합니다. 병원끼리 서로 환자의 정보를 공유하지 않고 있는 것이 안타깝지만 그럴만한 이유가 있으려니 합니다.

푸드 코너에서 단호박죽을 주문했는데 장조림과 물김치가 곁들여 나와 맛이 꽤 좋았습니다. 병원 푸드 중에 최고 맛집이랄까요? 너무 맛있어서 장조림 좀 더 먹을 수 있는지 물어보니 아주머니가 살짝 웃으시며 접시에 고봉으로 주셨습니다. 병원 오느라 몸이 지쳤는데 아주머니 웃음과 인심에 보상이라도 받은 것 같아 감사했습니다. 안 아프고 살 수만 있다면 그것이 얼마나 축복된 삶일까요. 그렇게 사려면 우리의 삶을 잘 통제하고 조절해나가야겠지요. 시간관리, 식사관리, 운동, 마음관리, 나이가 들어서야 더 절실하

게 다가옵니다. 건강하고 젊은 시절에는 어른들이 건강이 최고라
고 노래하듯 말하는 것을 듣고 '맨날 건강타령이야.' 라고 하면서
대수롭지 않게 생각했었지요.
나이가 든 지금에서야 건강이 최고라는 것을 피부로 실감하고 느
낍니다. 늦었지만, 이 또한 감사한 일입니다.

출처 : 대전 선사유적지를 걸으면서

일찍 자고 일찍 일어나는 사람은 건강, 재산,
그리고 지혜를 누릴 수 있다.
- 벤저민 프랭클린 -

13 | 혼자가 아닌 둘

길을 지나다가 폐지와 박스를 줍는 노부부를 보았습니다.
트럭에 함께 박스를 올리며 "저기 박스 많아." 하면서 서로 힘이
되는 모습. 혼자 일하는 모습은 많이 보았지만, 부부가 함께 일하
는 모습은 처음 봅니다. 노부부의 모습이 참 보기 좋았습니다. 혼
자가 아닌 둘의 모습이 감사할 따름입니다. 노인들이 박스 줍는
일을 측은하고 불쌍하게 여기질 모르지만, 일 없는 것보다 훨씬
낫습니다. 소일거리도 되고 운동도 되니 훨씬 긍정적으로 살아갈
수 있습니다. 몸을 많이 움직이니 건강에 좋습니다. 나이 들어서
도 무언가 할 수 있다는 용기가 멋집니다.

나이가 들면 3가지가 꼭 있어야 합니다. 첫째가 일입니다. 사람의
존재 이유 중 하나가 일입니다. 둘째는 무릎연골의 건강입니다. 무
릎 관절연골이 좋지 않으면 걷지 못합니다. 박스를 주우려면 적어
도 무릎연골은 좋아야합니다. 마지막은 가장 중요한 친구입니다.
부부가 나이 들면 더없이 좋은 친구가 될 수 있습니다. 가장 가까이
에서 서로를 알고 챙겨주는 친구 말입니다. 나이가 들어 노인이 되
어도 소일거리와 무릎연골의 건강, 마음 나눌 친구, 이 세 가지는
있어야 합니다. 노부부를 보면서 몸과 마음의 건강을 잘 유지해야
겠다고 다짐합니다. 하루하루 감사한 일을 찾는 나에게 노부부의
모습이 감사일기의 주제가 되었습니다. 요즘 나의 감사일기 패턴이
조금 바뀌었습니다. 2016년 2월부터 쓰고 있는 감사일기. 처음에

는 감사한 내용을 "팩트"에 근거하여 일지나 신문기사처럼 썼지만 어느 순간부터 느낌까지 쓰는 감사일기로 바꾸었습니다.

요즈음은 감사한 일을 쓰고 난 뒤 예전의 경험이나 그날의 감사에 대해 배운 점, 깨달은 점을 추가하며 스토리형식으로 쓰고 있답니다. 이렇게 나의 감사일기는 조금씩 형식이 바뀌어가고 있습니다. 이 또한 감사한 일입니다.

출처 : 픽사베이 이미지

가장 좋은 거울은 오랜 벗이다.

― 조지 허버트 ―

14 | 호두과자와 차 한 잔

어제에 이어서 또 검사를 했습니다.
다행히 결과가 좋아서 퇴원을 해도 된다고 하니 감사합니다.
내일 토요일인데 주말까지 병원신세를 지지 않아도 되어 기분이
좋습니다. 아이들 아빠가 금식 중이어서 같이 금식을 했습니다.
간단히 요깃거리를 사러 지하마트에 들렀습니다. 달콤한 호두과
자 냄새에 이끌려 한 봉지를 샀다가, 같은 병실 할아버지가 식사
를 못 하시는 것 같아 한 봉지를 더 샀습니다.

할아버지도 심장판막수술이라고 합니다.
간호하시는 분이 나이 든 아들입니다.
어젯밤 "살면서 아부지랑 이리 같이 오래 있기는 처음입니더." 라
는 말하는 것을 들었습니다. 아픈 것도 삶의 일부임을 또 느끼며,
가족애에 뭉클합니다. 부산 사투리를 하시는 것을 보고 나도 고향
이 부산이라고 했더니 반가워하셨습니다.
오전 검사를 끝내고 돌아오자 할아버지 병실 간호하는 아들은
"이거 물 건너온 귀한 차입니더"라면서 차 한 잔을 주셨습니다.
향이 참 좋았습니다.
나는 호두과자를 건네며 할아버지의 빠른 회복을 빌었습니다.
빨리 회복되어 오래도록 건강하셨으면 좋겠습니다.

병원에서 만난 사람들을 보니 사람 사는 모습은 다 비슷하다고 생

각됩니다.

가족의 도움을 받으면서 병을 이겨내고 있는 사람들을 보면서 가족의 소중함이 더 크게 느껴지니 아픈 것 또한 감사한 일입니다. 병원 신세 덜 지고 사려면 건강을 챙겨야 한다는 생각하게 되니 아픈 병도 고맙게 느껴졌습니다. 간호사님들이 너무 친절해서 이 또한 감사했습니다.

출처 : 구글이미지 캡처

내가 어디서 태어났고 어디서 어떻게 살아왔는지는 중요하지 않다.
내가 살아오는 동안 무엇을 했느냐에 관심을 두어야 한다.
― 조지아 오키프 ―

15 | 인연에 감사

5년째, 날마다 카카오스토리에 감사일기를 올리는 정희 선생님, 선생님의 글이 안 보인지 좀 되었습니다. 무슨 일이 있나 하는 생각이 들어 "톡"을 해보았습니다. 별일이 없다는 연락이 왔습니다. 다행입니다.

시간 내어서 연락해 봐야지 하고 생각만 하고 있다가 통화를 했습니다. 덕분에 목소리도 듣고 살아가는 이야기 나누어서 감사했습니다. 이번에 공부하고 싶어 했던 박사입학을 했다고 합니다. 응원과 축복을 보냅니다.

5년 전, 감사일기 행사 "땡큐패밀리"에서 만나 일박이일을 함께 보낸 선생님, 둘 다 나이가 비슷한 데다 아이들 나이까지 비슷해서 친구 같은 분입니다. 늘 맑고 순수한 정희샘. 그 인연에 감사합니다.

감사일기를 쓰고 공유하는 일명 "감사일기 동지"들은 5년 동안 감사일기를 통해서 서로의 삶을 응원하는 동지가 되어, 카카오스토리에서 서로의 삶을 공유하다보니 친인척보다 더 가까운 사이가 되는 것 같습니다. 굳이 나의 삶을 말하지 않아도 감사일기를 통해 소통이 되다보니, 더욱 끈끈한 결속감이 느껴지기도 합니다. 감사합니다. 감사일기를 서로 공유하게 되면 일 년에 한두 번 만나는 가족보다 더 가깝게 느껴집니다. 또한 함께하다 보니 글을 지속적으로 쓸 수 있는 계기가 됩니다. "좋아요" 하트와 댓글은 서로에게 힘이 되고 응원이 됩니다.

이 모든 것에 감사합니다.

출처 : 픽사베이 이미지

하얀 새 종이가 눈앞에 있으면
우리는 그 위에 어떤 이야기든 펼칠 수 있다.

− 라이너 마리아 릴케 −

16 | 소소한 일상에 감사

내 인생에서 가장 소중한 날이 바로 오늘입니다.

오늘은 감사일기를 쓰고 난 후, 나의 변화에 대해 생각해보았습니다. 감사일기를 쓴다고 해서 돈을 많이 버는 것도 아니고 하는 일마다 그냥 술술 풀리는 것만도 아닙니다. 감사일기는 주어진 내 삶의 모든 여정을 감사함으로 여기면서 살아가겠다는 나와의 암묵적 약속입니다. 단지 생각의 전환일 뿐인데 내 삶에 이렇게 큰 영향을 주고 있다니! 놀라지 않을 수 없습니다. 그동안의 감사일기를 쓰면서 바뀐 것이 있다면 마음의 평정과 편안함을 유지할 수 있었고 다소 전투적인 내 성격에도 불구하고 세상과 싸우고 시비를 가릴 필요가 없어졌다는 점입니다.

엄마가 일찍 돌아가셔서 중학교 시절부터 나는 5남매와 아빠의 식사, 도시락 준비, 빨래 등 집안일을 도맡아야 했지요. 동생들이 밖에서 맞고 오면 엄마의 자세로 돌입하여 때린 녀석들을 혼내주고 야단치는 일을 자연스레 하곤 했습니다.

딸 셋 중 둘째로 태어나서 부단히 사랑받으려 노력했지만 언니와 동생 틈에 치이며 살았지요. 이런 사춘기 시절이 지금 나의 전투적인 성격으로 자리잡게 하지 않았나 하고 여깁니다.

감사일기는 마른 땅에 단비와 같은 선물입니다.

감사일기로 성장하고 성공한 강사의 모습을 보면서, '나도 저렇게 되면 참 좋겠다.'라는 막연한 생각으로 시작한 일이었습니다. 쓰다가 며칠 중단하기도 했고, 자신과의 타협도 거듭 해왔습니다.

나약하고 부족한 나를 스스로를 인정해주는 감사로 마음근육이 하나씩 생겨났고요. 덕분에 이젠 어떤 난관에도 흔들리지 않는 내가 되었습니다.

하루일상 중 감사한 일들에 대해 쓰고 나의 느낌과 생각을 표현하면서 앞으로 펼쳐질 일에 대한 목표와 과정에 감사하면서 내 삶이 하루하루 변해갔습니다. 감사일기를 쓰면서부터 내 인생을 감사라는 큰 기둥에 기대어 살고 있다는 사실을 새삼 느낍니다. 무한한 축복입니다.

삶의 소소한 일상에 대해 감사할 줄 아는 것, 사람을 바꾸는 것이 대단한 그 어떠함이 아님을 사소하고 작은 감사습관이 인생을 바꾼다는 것을 알게 되었습니다. 매 순간마다 가슴 저 밑에서 올라오는 말, "감사일기는 이런 진짜 나의 진정한 말과 마음이 아름답게 수놓아지기에 축복입니다." 감사합니다. 고맙습니다. 행복합니다.

그날 하루를 알차게 보내면
편히 잘 수 있고 주어진 삶을 알차게 보내면
행복한 죽음을 맞이할 수 있다.
— 레오나르도 다 빈치 —

17 | 약나무 아로마 힐링

저 멀리 거제 앞바다를 두고 피톤치드가 듬뿍 나오는 '인탑해독원'에 다녀왔습니다.

함께한 "은실" 선생님과 이야기를 나누는 좋은 시간이 되어 감사합니다. 해독원 숲은 15년간 묘목을 심어 약나무 숲을 가꾸고 만들었다고 합니다.

황칠나무, 녹나무, 월계수, 팔손이나무, 편백나무, 가문비나무, 로즈마리, 스피아민트. 애플민트, 방아, 제피, 레몬밤 등 종류도 다양합니다. 호흡명상하기에 더없이 좋아 음양호흡으로 해독하고 왔습니다. 아로마와 함께 인연이 되어 감사합니다.

귀한 약초를 듬뿍 넣고 가마솥에서 2시간 이상 끓여낸 황칠오리 백숙을 대접받았습니다. 고맙습니다.

밤이 되자, 낮에는 느끼지 못했던 진한 식물의 아로마가 바람과 함께 날아와 더 풍부한 자연의 향기를 선물했습니다. 자연에 오묘한 섭리에 또 감사했습니다.

자연을 거스를 수 없으며 자연과 함께 공존하며 서로 나누어야한다는 진리를 다시 느낄 수 있었던 시간이었습니다. 감사합니다.

출처 : 거제도 올리브나무 앞에서

느껴 보지 않는 것을
느끼는 것은 불가능하지만, 옳은 일은
느낌에 구애됨 없이 할 수 있다.

− 펄S. 벅 −

18 | 똑같은 경험

짬짬이 감사일기를 메모한 지, 5년째입니다.
먼저 밴드에 글을 쓰고 블로그에 저장해두었다가 글을 완성하곤
합니다. 어제 밴드에 올린 글이 몽땅 어디로 갔는지 찾을 수 없었
는데 오늘 똑같은 경험을 했습니다.

그래서 다시 씁니다. 자신의 이야기이니 다시 쓰는 건 별로 힘든
일은 아닙니다. 털실 올이 풀려서 꼬불꼬불해진 실로 다시 털옷을
짜는 것처럼, 밴드에 글을 쓰다가 졸아 손가락으로 눌러 지워지기
도 여러 번 했습니다만 또 이런 경험은 처음입니다. 덤벙대는 내
가 지워진 글 덕분에 잘 살펴보고 저장하는 습관을 들일 수 있게
되었습니다.
감사합니다. 시간은 귀중하니까요.

인터넷 신문사 국장을 겸하고 있는 교수님이 오랜만에 전화를 주
셨습니다. 취재기자 추천을 부탁하시기에 내가 해도 되느냐고 했
더니 오케이랍니다. 취재와 원고를 쓰는 것은 비슷한 일이라서 강
의와 취재를 병행할 수 있을 것 같습니다.
그동안 감사일기로 블로그에 글을 꾸준히 써온 덕분에 인터넷신문
기자가 될 수 있어서 감사합니다. 전화주신 교수님, 감사합니다.

출처 : Image Material

우리는 우리의 기도가
응답되기를 바라는 것처럼
열심히 감사해야한다.
- 시몬즈 -

19 | 일상의 아름다운 날이 오길

올해도 공무원연수원 워크숍에 불러주셨습니다.
처음 의뢰 때 일정과 자체사정으로 취소한다는 문자가 왔었지요.
몇 번의 번복 끝에 다시 강의하게 되었다고 또 연락이 왔습니다.
참석인원이 조금 많다보니 도움주실 강사님이 필요합니다. "페이"는 작아도 기꺼이 함께 해주신다는 강사님들 감사합니다. 프로필이 대단한 강사님들과 함께 할 수 있으니 기뻤습니다.
블로그를 보고 소개를 받았다면서 또 강의의뢰가 왔습니다.
블로그에 집중한지 40일 정도 되었습니다. 요즘 강의가 취소되는 통에 너무 힘들었습니다. "스텝바이스텝"으로 묵묵히 지금 할 수 있는 것들을 준비하고 시작합니다. 글을 쓰고 새로운 콘텐츠 강의 프로그램을 기획하고 다행히 좋은 결과가 나와서 감사합니다.

조마조마했던 대면강의는 "코로나19" 2단계 격상으로 모든 강의가 취소되었습니다. 재료까지 다 구입했지만 공무원연수원 강의도 강의 3일 남겨놓고 취소연락이 왔습니다.
아쉬움은 남지만 다음기회에 만나기로 했습니다.

이해해주셔서 고맙다고 인사해주신 주무관님 덕분에 또한 감사했습니다. 빨리 이 사태가 종료되어 마음 놓고 강의할 수 있는 날이 오길 소망합니다. 우리가 누리던 일상의 소중함에 대해 생각할 수 있어서 감사합니다.

출처 : 픽사베이 이미지

사람이 얼마나
행복한 가는 그의 감사의
깊이에 달려있다.

- 죤밀러 -

"내 영혼의 위로 토닥토닥"

살면서 무시로 알아차림을 하는 순간들이 있다. 하루한줄 감사 일기를 처음 쓸 때는 몰랐던 비밀을 알게 되었다. 5년간 써왔던 1800일의 나의 삶의 감사이야기를 파일에 옮기는 작업에서 한 장 한 장 읽으며 많이 웃기도하고 울기도 했다. 책 몇 권을 읽은 것처럼 내 삶의 순간들을 마주하면서 그때의 감정으로 들어가 보고 생각에 잠기어 보면서 마음의 치유와 영혼의 위로가 되는 소중하고 감사한 시간이었다. 감사일기에 대해서 책을 쓰기로 마음먹고 지난 5년의 감사일기를 읽고 정리하면서, 블로그에 있는 글들 옮기며 잠시 망설임도 없이 '있는 그대로의 감사일기 내용으로 하자' 라는 생각이 들었다. 이렇게 100% 나의 일상인 봄, 여름, 가을, 겨울의 이야기였기에 목차도 자연스럽게 봄 여름

가을 겨울이 되었다.

당시 대학원 공부를 위해 월요일 화요일은 학교를 오가며 일어난 일상들, 박사 논문을 위한 일련의 과정들이 낱낱이 들어나는 이야기, 직업이 아로마 테라피스트면서 강사이기에 강의계획서를 쓰고 강의를 하는 일상, 책을 쓰기 위한 나 자신을 이겨내어 완성하려는 모습, 나의 고질병인 허리디스크, 건강을 위해 고군분투하는 일상, 그런 나의 소소한 일상에 대한 감사 이야기, 나의 속살을 고스란히 보여주는 이 책, 걱정스러웠다. 뭐, 이틀은 학교 오가고, 강의계획서 쓰고, 강의하고, 책 쓰고, 도서관, 커피숍 오가는 모습, 이렇게 단조로운 글을 어떡하나 싶었지만 감사의 본질에 충실하기로 했다. 사람 사는 것은 대부분 비슷하지 않을까. 삶을 바라보면, 직업에 따라 반복된 일상을 살아간다. 그대로 보여주자. 감사일기를 통으로 그대로 보여주는 일상이 독자들의 일상과 다르지 않을 것이라는 생각을 하니 힘이 났다.

나는 이렇게 하루 한 줄 감사일기를 꾸준히 쓰면서 내가 비로소 바로 설 수 있게 되었다는 것을 알았다. 오프라 윈프리는 "감사일기를 쓰면서 어떻게 살아야 하는지를 알게 되었다"고 했다. 100세교수 김형석은 "만약 우리 모두가, 여러분 전부가 모든 일의 목적을 그 일을 통해서 더 많은 사람이 인간답게, 행복하게 사는 것임을 깨닫게 되면 사회는 전체가 행복해진다."라고 말했다. 우리는 날마다 성장하려고 노력한다. 삶을 살아가면서 누군가에게 선한 영향력을 끼치는 것은 매우 행복한 일이다. 대단하고 거창한 일도 좋지만, 하루 한 줄 감사일기를 시작하면서 내 주위에 한명, 두 명이라도 함께 쓴다면, 자신의 진정한 정신적 성장과 주위에 선한 영향력을 나누는 일이 아닐까 한다. 내가 소중하게 여기는 사람들과 함께 쓰면 오래 쓸 수 있다. 하루 한 줄 감사일기로 자신이 원하는 꿈을 이루고 목표에 한 걸음 다가가는 발판과 원동력이 되면서 감사한 일들이 날마다 이어지는 삶이되기를 소망한다.

코로나19로 인해 세상이 뒤집혔지만 글을 더 정리 할 수 있었고 삶을 돌아보는 터닝포인트가 됨에 감사한다. 당연히 여기던 그 모든 것들에 더 감사함을 느끼게 해 준 것에 감사하다. 힘든 상황을 하루 빨리 지나기를 기도드린다. 책을 쓸 수 있도록 항상 용기를 주신 〈내가 글을 쓰는 이유〉의 저자 이은대 작가님, 감사일기를 알게 해 준 〈땡큐파워〉의 저자 민진홍님, 감사일기를 쓸 수 있도록 감사일기 동료, 감사일기 수비대장이 되어준 〈감사가 긍정을 부른다〉의 저자 김영체님, 날마다 감사일기를 쓰고 있는 감사일기 동료들, SNS에서 나의 감사일기에 공감과 응원을 해주신 분들, 감사가 생활화되어 계시고 책을 출판하기까지 큰 도움을 주신 도서출판 프로방스 조현수 대표님께 진심으로 감사드린다. 끝으로 언제나 엄마를 응원해주는 딸 남의와 아들 도훈이에게 늘 고맙고 사랑하며 이 책을 바친다.

향기를 담는 감사코치 **김채연**

하루 한 장 139편,
데일리 에세이
Daily Essay

나날이 감사 나날이 행복

초판인쇄	2021년 02월 05일
초판발행	2021년 02월 15일

지은이	김채연
발행인	조현수
펴낸곳	도서출판 프로방스
마케팅	최관호
IT 마케팅	조용재 백소영
교정교열	권 표
디자인 디렉터	오종국 Design CREO

ADD	경기도 고양시 일산동구 백석2동 1301-2 넥스빌오피스텔 704호
전화	031-925-5366~7
팩스	031-925-5368
이메일	provence70@naver.com
등록번호	제2016-000126호
등록	2016년 06월 23일
ISBN	979-11-6480-105-3 03810

정가 16,000원